DANS L'OMBRE DES HOMMES

ANAÏS JEANNERET

DANS L'OMBRE DES HOMMES

roman

ALBIN MICHEL

« Vous espérez que les adultes vous liront. Ils seront obligés ainsi de vous écouter sans vous interrompre et ils sauront une fois pour toutes ce que vous avez sur le cœur. »

Patrick Modiano,
Discours à l'Académie suédoise

Elle sort de l'immeuble sans remarquer la pluie de janvier qui précipite le crépuscule. Dehors, il n'y a pas une âme. La ville semble désertée. Sur l'asphalte mouillé, ses semelles émettent un bruit de succion qui résonne désagréablement dans le silence. Absorbée par l'implosion de son existence, l'étrangeté de cet après-midi ne lui apparaît pas. Dans sa fuite, elle remonte la rue de Varenne vers les Invalides. Un ronflement de moteur se rapproche, puis s'éloigne. À peine a-t-elle eu le temps d'apercevoir entre les façades d'immeubles en vis-à-vis la voiture de police passant en trombe sur le boulevard. Elle tourne sur la droite, longe le square d'Ajaccio et commence à percevoir la rumeur. En débouchant sur l'esplanade des Invalides, elle tombe sur un mur de cars de CRS qui bloque le quartier. Elle le dépasse. De l'autre côté, vers la rue Fabert, elle devine la foule malgré la fumée par-dessus laquelle volent quelques projectiles. Elle s'approche encore. Elle ne pense plus. Elle n'a plus d'identité. Elle veut juste se fondre dans la mêlée humaine. Un groupe de femmes quitte le cortège et passe devant elle sans croiser son regard. Quelque part, des cris recouvrent les revendications, aussitôt suivis d'affrontements. Des détonations explosent, puis les manifestants se dispersent pour échapper aux gaz lacrymogènes. Ça ne l'arrête pas. Sans réfléchir, sans le vouloir, elle avance. En première ligne, des jeunes cagoulés vêtus de noir courent tête baissée sur les forces de l'ordre. Quelqu'un lui dit de ne pas rester là. Ses yeux brûlent. Elle suffoque. Elle ne bouge pas. À travers ses larmes, elle voit les poings tendus, les banderoles, la confusion. Elle voit des hommes dont elle ne saisit pas s'ils sont policiers ou frondeurs. Prise entre les Gilets jaunes et les CRS qui s'affrontent chaque samedi depuis des semaines, elle voit ceux qui avancent, ceux qui reculent. Dans chaque camp, la tension est d'une même intensité, l'épuisement marque les visages d'une même violence. C'est comme une vague de napalm, personne n'y échappe. Pas même elle. Sa fatigue se nourrit d'autres défaites. Qu'importe. Dans cet entremêlement de tragédies individuelles, tous partagent le désarroi et la rage. Soudain, il y a une bousculade, un corps percute le sien, on la pousse, on l'entraîne en sens inverse. C'est alors qu'elle est prise de nausées. Alors que sa propre lassitude lui coupe les jambes.

Elle roule maintenant dans les rues illuminées. Les décorations rappellent les fêtes de fin d'année à peine terminées. Plus rien n'évoque les troubles de la journée. Elle traverse le pont Royal, s'engage dans la rue de Rivoli. Elle ne s'est jamais lassée de la beauté de Paris. Ce soir pourtant, rien n'est plus pareil. Un gouffre vient de s'ouvrir devant elle. Place de la Concorde, elle manque faire demi-tour. Mais elle n'a nulle part où aller.

Elle s'observe dans le miroir de l'ascenseur. Avant de venir, elle a pris un bain, enfilé une robe, remis de l'ordre dans ses cheveux, s'est maquillée, puis elle est partie, soulagée de n'avoir pas croisé son mari. Elle espère faire illusion malgré ses traits tirés et ses yeux encore irrités par les gaz. Au fond, elle sait que personne n'y prêtera attention. C'est l'avantage de la cinquantaine. Mais le réflexe de respectabilité demeure. Ne jamais laisser paraître les failles.

Derrière la porte, elle devine les conversations enjouées et les rires. Elle prend une inspiration et sonne. Nathalie lui ouvre.

– Bonjour, ma chérie. Entre. Où est Philippe ?

– Un problème de dernière minute. Il est retenu au ministère.

– Quel dommage ! C'est encore à cause des manifestations ? Je voulais lui présenter Amrish Ajay, le grand industriel indien.

Il y a une quinzaine d'invités, certains que Louise ne connaît pas, d'autres qu'elle a aperçus quelques fois sans parvenir à se rappeler où. Et trois ou quatre qu'elle n'a aucune envie de voir. Elle regrette déjà d'être venue mais Nathalie avait évoqué « un petit dîner juste entre nous ». Elle sourit parce que c'est ce qu'il convient de faire. Mais très vite, la crispation de ses muscles devient douloureuse. Elle maîtrise pourtant l'art du pilotage automatique. Ce soir, c'est au-dessus de ses forces.

– Jean-Jacques, vous connaissez bien sûr Louise Dumont ? L'épouse de notre ministre préféré, malheureusement retenu à Bercy. Enfin, j'espère qu'il pourra nous rejoindre un peu plus tard.

– Secrétaire d'État, corrige Louise sans savoir à qui elle s'adresse.

À voir ses cheveux coupés court, son interlocuteur n'est sûrement pas avocat. Elle s'est toujours interrogée quant à leur goût pour les coiffures échevelées. Sans doute désirent-ils ainsi signifier la nature romantique de leur mission, revendication qui, dans certaines affaires, peut prêter à sourire. Avec sa tête de premier de la classe et sa cravate serrée, elle imagine plutôt Jean-Jacques dans la fonction publique ou la finance. Mais peu importe.

– Vous devez avoir des tas de choses à vous raconter,

lance Nathalie dans un éclat de rire aussi absurde que ses propos.

Louise n'a rien à dire à cet homme. En regardant son amie s'éloigner vers d'autres invités, elle peine à se souvenir de la jeune femme qu'elle a connue quinze ans plus tôt. Elle était follement amoureuse d'un artiste peintre et ses rires étaient alors de vrais rires, jusqu'au jour où elle avait annoncé son mariage avec un banquier. Personne n'avait compris. Ou plutôt, tout le monde avait compris.

– Chère madame, votre mari a été parfait la semaine dernière dans cette émission politique. Il a mouché les journalistes avec brio. Vous pouvez être fière de lui !

Louise revoit la tête de Philippe la veille, son visage déformé par la stupeur, mâchoire ouverte et regard de lapin pris dans les phares d'une voiture, puis par la haine. Elle l'entend encore lui jeter à la figure : « Qui es-tu pour me faire la morale, pauvre cruche ! Barre-toi si cette vie te dégoûte, si je ne suis pas à la hauteur de ton éthique, de ta morale à deux balles. On rêve ! »

– Vous regardez beaucoup la télévision, Jean-Jacques ?

Ou s'appelle-t-il Jean-Pierre ? Elle est prise d'un doute. Mais à la persistance de son air satisfait, elle suppose ne s'être pas trompée.

– Rarement. À part les émissions culturelles et les débats politiques, bien sûr.

– Bien sûr !

Elle s'étonne toujours de voir ces hommes en costume agrafé d'une barrette rouge censée faire toute la différence répondre sérieusement à d'aussi stupides questions. La réponse ne la déçoit pas. À cet instant, Paul Perrier et sa jeune épouse, Mathilde, font leur apparition dans le salon. Jean-Jacques continue ses bavardages sans remarquer que Louise ne l'écoute plus.

– Votre mari a raison de vouloir créer des lois pour encadrer Internet. On ne peut pas laisser un tel espace sans réglementation. Il faut structurer et moraliser ce circuit mondialisé.

– Structurer et moraliser…

Chaque fois qu'elle a rencontré l'assistante de Philippe, Louise a toujours été gênée par son obséquiosité. Ce soir, elle comprend mieux. Elle se demande si Mathilde est au courant des combines de son secrétaire d'État. Si elle fait partie du dispositif. Si, d'une manière ou d'une autre, elle y joue un rôle. Si elle en tire quelque avantage. Louise l'observe au bras de son mari, et elle la trouve parfaite dans son chemisier blanc ouvert juste ce qu'il faut, son pantalon noir et ses escarpins aux talons vertigineux sur lesquels elle ne chancelle pas d'un millimètre, image à laquelle se juxtaposent les photos qu'elle a découvertes cachées dans un dossier de Philippe : Mathilde en lingerie noir et rouge, dans une posture ridicule.

– Passons à table si vous voulez bien !

Nathalie attrape le bras de Louise et l'entraîne vers la salle à manger.

– Ça va ? Je te trouve pâlichonne.

– Tout va bien.

– Je t'ai placée à côté de Bernard. Il t'apprécie beaucoup.

– Je le connais ? Bernard qui ? Tu me fais la fiche ?

– Oh, Louise, tu es infernale ! Bernard Cachon, patron des moyennes surfaces du même nom. Philippe le connaît.

– Tu m'as gâtée !

– À ta gauche, il y a Stéphane Thinet. Vous pourrez parler livres.

Louise se demande comment elle va survivre à cette soirée. À peine assise face au petit carton où est écrit d'une calligraphie d'un autre siècle *Louise Dumont*, elle avale le verre de vin qui vient de lui être servi. Elle ne s'est jamais habituée à ce nom qu'elle reconnaît comme une réalité d'état civil mais qui ne reflète pas son identité, aujourd'hui encore moins qu'hier. Elle s'appelle Louise Voileret.

Monsieur Moyennes Surfaces semble plein d'allant.

– Je suis très honoré, Louise, vous permettez que je vous appelle Louise, de passer ce dîner à vos côtés. Je connais votre époux de longue date. Il vous a sûrement raconté cette anecdote très amusante à propos de nos échanges lorsqu'il était au cabinet de Castrani ? Enfin, maintenant, avec ses nouvelles fonctions, j'imagine qu'il est très pris.

– Assez, en effet.

Elle n'a évidemment jamais entendu parler de lui. C'est fou comme l'accession au pouvoir révèle des amitiés jusque-là discrètes.

– Vous devez l'être aussi. Femme de ministre, c'est un travail à temps plein, rémunéré ou non, si vous voyez ce que je veux dire...

– Formidable ! J'adore les hommes spirituels. Mais je ne suis pas femme de ministre, vous savez.

Louise voudrait un autre verre de vin. Un double gin serait encore plus approprié.

– Attendez quelques semaines, et vous verrez. Au prochain remaniement, votre époux sera nommé au Travail ou aux Comptes publics. Ça ne fait aucun doute. Notre pays a besoin d'hommes comme lui. Et vous savez ce qu'on dit : derrière chaque grand homme il y a une femme.

– Loin derrière, alors. Je ne me mêle pas de ses affaires. Il se débrouille très bien sans moi. Les ministères regorgent de bonnes volontés.

Pressentant un vent frais, Bernard Cachon tourne la tête pour s'adresser à son autre voisine. Louise fixe dans son assiette les noix de coquilles Saint-Jacques. Avaler bouchée après bouchée pour ne pas s'étouffer. Boire pour faire passer les mollusques, et tout le reste.

Demeurer tranquille, apparemment tranquille, à sa place comme elle sait si bien le faire. Ne pas céder à la panique. Ne pas se lever d'un bond en envoyant valdinguer la table. Ne pas s'enfuir. Elle réfléchit à la suite. Elle passera la nuit à l'hôtel et attendra que Philippe ait quitté l'appartement pour aller récupérer quelques affaires. L'idée de cohabiter un jour de plus avec lui est insoutenable. Ensuite, elle ira chez sa mère en Normandie. Elle s'installera dans la maison annexe le temps de s'organiser. À son âge, cette perspective lui donne envie de pleurer, mais l'urgence est de s'éloigner. De respirer un air pur. De s'extirper de ce cauchemar. De digérer ce qu'elle vient de découvrir sur Philippe et qui embrouille tout. Elle s'est tellement trompée. Tous ses renoncements, tous les compromis accumulés au fil du temps remontent à la surface et lui font l'effet d'un électrochoc.

– Alors, Louise, quand sors-tu ton prochain roman ?

– Pardon ? Heu… cette année, je ne sais pas encore quand.

– J'ai beaucoup aimé le dernier, tu sais. Vraiment. Et je ne désespère pas d'arriver un jour à te débaucher. Je suis certain que tu pourrais faire un excellent livre sur le monde politique.

Toute la saveur de la phrase tient dans ce *vraiment*. C'est une flatterie de camelot. La confirmation du mensonge possible sinon certain. Ce *vraiment* est un affront dont l'éditeur n'est pas conscient mais qui allume dans le regard de Louise une rage froide.

– Encore faudrait-il que je m'y intéresse, ce qui est loin d'être le cas, répond-elle avec un ton plus sec qu'elle n'aurait souhaité.

– Tu l'écrirais sous une forme romanesque bien sûr, tu ferais ça merveilleusement bien. Il s'agit juste de le situer dans un univers qui n'a aucun secret pour toi. Je te garantis un best-seller.

– Un best-seller ! Tu me tentes.

– Tu en es où ? Trente mille exemplaires ? Là, tu franchirais les cent mille.

Louise voudrait qu'il se taise. Être ailleurs. S'il savait à quel point elle souhaite se tenir à distance de ce pouvoir politique qui aspire ses serviteurs avec la force d'un trou noir. Ça fait des mois que Stéphane Thinet la poursuit avec cette idée. Depuis que Philippe a été nommé à Bercy en fait. Avant, il la saluait à peine. À l'autre bout de la table, autour du redoutable et redouté Paul Perrier, avocat choisi pour sa force de frappe et plus encore pour éviter de l'avoir contre soi, retentissent des éclats de rire qui libèrent enfin Louise de l'attention de ses voisins. Le nom de Trump résonne dans tous les sens. Le *shutdown*, le financement du mur à la frontière mexicaine, le sort réservé aux émigrés, tout le monde s'accorde. Trump, ou l'assurance des dîners en ville réussis. Les sujets aussi consensuels ne sont pas si nombreux. Harvey Weinstein n'est pas mal non plus, quoiqu'un peu plus risqué. Il suffit qu'une voix féminine lâche « Moi aussi, j'ai connu ça » pour jeter le trouble et mettre tout le monde mal à l'aise. *Moi aussi* fait aussitôt planer une menace sur l'assemblée. Mieux vaut s'en tenir à l'auteur du célèbre : « J'ai tenté de la baiser… J'embrasse, j'attends même pas. Et quand t'es une star, elles te laissent faire. » Instructif. Il semble pourtant qu'en dépit de son sidérant mépris pour les femmes, Trump soit cantonné au rôle du dangereux imbécile. C'est dire s'il s'en tire bien.

Louise a encore du mal à concevoir l'étendue du désastre. Au fil des mois, elle avait senti Philippe ailleurs, de plus en plus absorbé par son portable, excédé pour un rien. Sa nervosité avait atteint un degré tel qu'il oscillait entre l'irritation et les enthousiasmes de jeunes collégiennes. Elle avait envisagé l'existence d'une liaison sérieuse, bien sûr. Mais elle n'avait pas imaginé Philippe hors-la-loi. Au bout de vingt-trois ans, elle le connaissait par cœur, du moins le pensait-elle. Lorsqu'ils s'étaient rencontrés, elle avait été séduite par son énergie, son envie de laisser une trace, d'avancer à pas de géant, par sa capacité de travail et sa confiance en lui inébranlable. Elle l'avait aimé pour son audace, son courage, sa gaieté communicative, ses appétits de petit garçon lâché dans une confiserie. Elle l'avait vu jouer des coudes, recevoir des coups et en donner. Le chemin parcouru, les postes subalternes, les échelons gravis un à un, les jeux de chaises musicales dans les cabinets ministériels, les croche-pieds, les jalousies, la compétition de chaque instant, tout cela, elle savait. Sa nomination était venue récompenser des années d'efforts et cette avancée décisive sonnait comme une victoire. Il suffisait de voir accourir de toutes parts les courtisans, de tendre l'oreille aux flatteries qui tombaient sur Philippe comme une pluie de mousson. De leur couple, demeuraient la facilité et l'habitude, un attachement au passé, et bien sûr leur fils. Le désir charnel, le besoin de l'autre, la complicité, les rires, tout cela s'était évaporé depuis longtemps. Quant à sa fidélité, Louise ne se faisait plus d'illusions mais elle évitait d'y songer. Ils évoluaient dans des univers distincts, chacun prenant garde à ne pas s'immiscer dans celui de l'autre. Elle n'était pas fière de cet arrangement. Mais les mois passaient à toute vitesse. Et, de façon assez surprenante, les années encore davantage. Ce qu'elle n'avait pas perçu, c'était l'habileté de Philippe dans la trahison. C'était le glissement progressif entre les petits arrangements et la malhonnêteté. Sans doute avait-elle manqué d'attention. Peut-être n'avait-elle pas voulu voir. Maintenant, elle ressent une immense honte. Honte des agissements de son mari, et honte de son propre aveuglement et de sa lâcheté.

La déflagration s'est produite hier matin avec cette lettre arrivée par la poste à l'adresse de M. Dumont.

Louise aurait pu ne pas y prêter attention. Mais après le départ de Philippe, elle était tombée sur l'enveloppe expédiée de Trinité-et-Tobago, décachetée et oubliée sur le lavabo de la salle de bains. Elle n'avait pas résisté et avait regardé. Elle l'avait fait presque sans y penser, avec cependant la sensation diffuse d'ouvrir une boîte de Pandore. À l'intérieur, elle était tombée sur un relevé bancaire mentionnant un virement de trois cent mille dollars versés sur le compte de M. Philou. Brutalement, ce nom enfoui dans les limbes de sa mémoire avait resurgi d'un passé lointain. Il l'avait frappée comme un coup de massue. Elle en avait eu les jambes coupées et avait dû s'asseoir sur le rebord de la baignoire. Au début de leur histoire, ils s'amusaient à s'appeler ainsi. Phi pour Philippe, Lou pour Louise. À eux deux, ils étaient les Philou. À cet instant, ce jeu entre amoureux se révélait d'une ironie glaçante. Louise avait eu l'impression que son sang ne remontait plus jusqu'au cœur. Incapable de travailler ni de penser à autre chose, elle était allée dans le bureau de son mari. Elle avait fouillé partout à la recherche d'autres documents compromettants. Elle n'avait rien trouvé. Mais dans sa nervosité, elle avait fait tomber des dossiers empilés sur la table. Les feuilles s'étaient éparpillées au sol parmi lesquelles étaient cachées les photos de Mathilde. Sur la plus vulgaire, l'assistante avait écrit au feutre : « Bon anniversaire, mon chéri. »

Le soir, à son retour du ministère, Philippe avait assez rapidement concédé être intervenu dans les tractations pour l'acquisition d'un groupe de presse très convoité. Comme tout le monde, Louise avait suivi l'affaire dans les journaux. Selon les jours, les rumeurs couraient sur le rachat soit par le concurrent direct de Pressinvest, soit par un industriel, soit par un magnat russe, soit par une entreprise américaine de télécommunication. Ce qui, d'après son mari, expliquait les trois cent mille dollars et le compte de M. Philou. Mais l'argent n'était pas à lui, il n'agissait qu'en tant qu'intermédiaire, il ne pouvait pas en dire davantage, secret professionnel, et ce nom n'avait rien à voir avec eux, où allait-elle chercher des idées pareilles, enfin oui, il l'avait donné sans réfléchir, d'ailleurs tout ça ne la regardait pas, et depuis quand se permettait-elle de fouiller dans ses affaires, de lire son courrier ? Quant à sa liaison, il avait nié avec fermeté. Puis il s'était réfugié dans les insultes. Pour autant, Louise, ne croyant pas un mot de son histoire d'intermédiaire, ne l'avait pas lâché : Depuis quand touchait-il des pots-de-vin ? Possédait-il d'autres comptes frauduleux ? Qui avait approvisionné celui-ci ? Pierre Bergot, son ami connu pour racheter des entreprises fragilisées, les dépecer en laissant sur le carreau les trois quarts des salariés avant de les revendre avec une plus-value juteuse ? Pour que l'homme d'affaires s'enrichisse encore davantage, ou qu'il étende son influence à travers journaux et sites web ? Et Philippe, qu'attendait-il en retour ? L'argent n'était sûrement pas sa seule motivation. Soutenu par une presse tombée entre des mains reconnaissantes, sans doute espérait-il un portefeuille à la hauteur de ses ambitions ?

– Tais-toi ! avait hurlé Philippe. Tu as toujours détesté Pierre, on se demande bien pourquoi. Son unique tort est de réussir ce qu'il entreprend.

– Je t'ai connu avec des convictions. Tu disais vouloir te rendre utile, tu te souviens ? Mais c'était dans une autre vie !

– Tu as raison, Louise, une autre vie. Ta vision du monde est pathétique. Puérile, naïve et pathétique. Tu es dépassée, hors des réalités. Tu es juste devenue vieille.

– Je m'en vais.

– C'est ça, barre-toi !

– Léo, tu as pensé une seconde à lui ? Tu te rends compte des risques que tu lui fais courir ? Que tu nous fais courir ?

– Tu es encore là ? Qu'est-ce que tu attends ? Tu sais où se trouve la porte.

– Tu es d'une inconséquence sidérante ! Ton fils s'élance dans la vie, et toi tu ne trouves rien de mieux que de salir son nom.

– Salir son nom ? Le pauvre petit ! Oui, un père au service de l'État, ça doit être dur pour lui !

– Qu'est-ce que tu lui diras lorsqu'il découvrira ce

que tu as fait, lorsqu'il confrontera tes actes à toutes les leçons de morale que tu as pu lui faire ?

– De quoi tu me parles, ma pauvre ?

– Tu espères vraiment passer entre les mailles du filet ? On est au vingt et unième siècle, tout finit par se savoir et l'heure n'est plus aux indulgences. Les affaires Cahuzac ou Fillon, tu en as entendu parler ? Tu as vu dans quel état ils en sont sortis, eux et leurs familles ?

– Ça n'a rien à voir.

– Vraiment ? Tu te crois plus malin que les autres ? Même si tu n'es pas ministre, et tu n'es pas près de le devenir avec tes magouilles, tu restes un homme public et tu fais partie du gouvernement.

– Cet argent n'est pas à moi, je te le répète.

– Je comprends maintenant tes allers et retours aux États-Unis ces dernières semaines. Et je suppose que tu réglais tes affaires dans les îles accompagné de ta maîtresse. À ce stade d'ailleurs, pourquoi te gêner ?

– Arrête avec ça. Mathilde est amoureuse de moi, ce n'est pas ma faute. Au demeurant, elle fait très bien son travail. Mais il ne s'est jamais rien passé entre nous. Jamais !

– Quel dommage ! Une femme qui porte si bien le rouge et le noir ! Mais attention, prends bien soin de ne pas la décevoir. Elle t'a accompagné dans ton paradis fiscal, j'imagine qu'elle n'a aucun doute sur ce que tu allais y faire. Et une femme délaissée peut faire des ravages. La vengeance par dénonciation, c'est un grand classique. Remarque, comme ça, la boucle serait bouclée.

– Tu menaces de me dénoncer ?

– Je parle de ta maîtresse.

– Tu m'emmerdes. Tu ne sais rien. Tu n'as aucune idée de rien. Tu imagines ce qui t'arrange.

– En quoi ça m'arrange de découvrir que mon mari est un escroc ?

– Un escroc, carrément ! Tu deviens imaginative. Je pensais que tu te cantonnais aux romans psychologiques.

Louise en avait assez entendu. Elle était partie dans la chambre en fermant la porte derrière elle. Elle entendait Philippe s'agiter dans l'appartement. Elle était restée longtemps sous la douche. Un peu plus tard, elle était allée chercher son portable dans le salon. Philippe ronflait sur le canapé, pris du sommeil des innocents.

Jeune homme, il avait eu un parcours atypique. Après Sciences Po, au lieu de filer directement à l'ÉNA, il était parti en Inde seul avec son sac à dos. Il avait sillonné le pays jusqu'à New Delhi où il avait travaillé plusieurs mois dans une organisation humanitaire. Puis il était rentré en France et avait repris ses études. Louise l'avait rencontré trois ans après, mais elle avait vu les photos de lui, cheveux longs, peau brûlée et regard fiévreux. Elle était tombée amoureuse de cet homme capable du grand écart, à la fois aventurier et étudiant acharné. Elle y avait vu le signe d'une personnalité complexe, et leurs premières années avaient été solaires et imprévisibles. La liberté de Philippe, ses emportements, ses idées inclassables dénotaient parmi les jeunes énarques. Mais il était rentré peu à peu dans le moule, et son ambition l'avait éloigné de ses idéaux. Au fil du temps, sa curiosité et son altruisme avaient été remplacés par un intérêt exclusif pour les agitations du microcosme politique. De son côté, Louise avait continué à écrire, à s'occuper de Léo, à être heureuse. Sans doute heureuse. Car l'insatisfaction s'était instillée dans ce bonheur tranquille, rongeant doucement ses certitudes. Lorsque le constat d'échec l'avait rattrapée, elle s'était figée dans une panique silencieuse.

Au début pourtant, Philippe lui avait plu pour leurs différences. Elle était discrète, exigeante avec elle-même et se débattait avec un sentiment d'illégitimité. Elle avait puisé en lui la force qui lui manquait. Mais la vie avait transformé leur complémentarité en un irréversible éloignement. Désormais, lorsqu'ils se retrouvaient seuls tous les deux, ce qui était devenu leur quotidien depuis le départ de leur fils en Australie, Louise ressentait un ennui teinté d'exaspération. Elle ne partageait plus avec lui ses projets d'écriture depuis longtemps. Ni aucun de ses désirs. Il pouvait bien lui raconter ses journées de travail, les potins aussi ennuyeux dans ce milieu qu'ailleurs, les bagarres, les colères feintes, les accords opportunistes, les coups de billard à trois bandes, il y avait belle lurette qu'elle n'écoutait plus vraiment. Les noms changeaient. Rien ne changeait.

Lui avait été séduit par l'allure de Louise, par sa silhouette déliée, la finesse de ses traits, son regard où se mêlaient douceur et détermination. Il avait été charmé par son mystère, par les silences dans lesquels elle l'emmenait parfois pour lui faire découvrir un territoire secret. Un lieu caché vaguement inquiétant mais plein de promesses. Un lieu qu'il explorait par bribes à travers les deux romans publiés avant leur rencontre et ceux qu'elle écrirait plus tard. Longtemps, il avait éprouvé de la fierté. Avec les années, il n'avait plus vu que l'épouse élégante et intelligente. Utile quand il fallait. Cette femme qui menait discrètement sa carrière de romancière et n'était à ses côtés que lorsque les circonstances l'exigeaient. Mais qui, le plus souvent, lui laissait le champ libre.

Le dîner semble ne jamais devoir finir. Tout le monde a un peu trop bu et les rires de Nathalie montent dangereusement dans les aigus. Louise est là sans y être. À force de réponses laconiques, elle a découragé ses voisins de toute velléité de conversation. Elle regrette de tourner le dos à la fenêtre, elle pourrait alors regarder la nuit. Elle observe les mains de l'industriel indien assis en face d'elle. Ce sont de belles mains brunes dont les majeurs sont ornés d'imposantes bagues. Elle pense à l'anneau d'or ciselé incrusté de minuscules saphirs rapporté de New Delhi que Philippe conserve dans le tiroir de sa table de nuit et qu'il n'a jamais porté. Elle pense qu'il ne lui a pas fait découvrir l'Inde comme elle en rêvait. Elle croise le regard de l'Indien. Il lui sourit.

– J'ai beaucoup aimé *L'Arbre dans la mer*. Je suis heureux de pouvoir le dire à son auteur. J'ai fait mes études à Paris, explique-t-il. Et je continue de lire des livres dans votre belle langue.

– Merci. Je suis heureuse que ça vous ait plu.

– Écrivez-vous en ce moment ?

– Oui. J'écris toujours en fait.

À cet instant, Nathalie et son mari se lèvent, créant un mouvement général. Tout le monde quitte la table et se dirige vers le salon. L'homme attend Louise pour poursuivre l'échange. Mais elle n'a qu'une idée : retrouver l'air du dehors et le silence.

– Désolée mais je me lève très tôt demain, je dois partir.

– J'espère que nous pourrons reprendre cette conversation.

– Oui, sûrement…

Ce n'est pas la première fois que Louise prétexte un rendez-vous matinal pour s'éclipser. Ce lecteur discret méritait davantage d'attention, mais chaque mot est un effort.

– Je peux vous déposer quelque part ?

– Je vous remercie mais j'ai ma voiture.

Elle le salue, va embrasser Nathalie furtivement et s'esquive.

Elle s'est garée dans le parking de la Madeleine, pourtant elle remonte à pied la rue Tronchet jusqu'à la gare Saint-Lazare. Rue de Budapest, elle trouve un hôtel modeste. Elle n'a aucun bagage, mais le veilleur de nuit semble peu regardant sur la clientèle. Il pivote sur sa chaise, attrape sur le tableau une clé au hasard et la lui donne. En montant l'escalier, elle croise une prostituée et son client qui descendent. La chambre est petite et moche. Louise s'en moque. Elle prend une douche. Et s'endort.

Le lendemain, elle attend le milieu de matinée pour se rendre à l'appartement rue de Varenne. Elle récupère son ordinateur, ses notes, quelques livres, des photos de son fils, et jette des vêtements chauds et confortables dans une grosse valise. Elle ne laisse aucun mot, aucune explication. Philippe a cherché à la joindre plusieurs fois depuis hier et a inondé son portable de textos. Elle ne lui a pas répondu.

Elle arrive en Normandie après deux heures de route. La nuit n'est plus très loin. Dès qu'elle descend de sa voiture, l'air vif et pur lui pique le visage. C'est exactement de cela qu'elle a besoin, de cette claque revigorante, d'un oxygène qui brûle les poumons. La brume enveloppe la campagne. Seules les cimes des plus grands arbres émergent de cet effacement. Ce n'est plus un paysage, c'est une encre de Chine détrempée. Louise n'est pas venue depuis plusieurs mois. Comme à chaque fois et peu importe la saison, la beauté du lieu la surprend. Elle reste dehors face à l'hiver. Elle respire. Son regard s'habitue au crépuscule. Elle devine des dégradés de gris plus lumineux vers l'ouest. Au bout d'un moment, le froid finit par la faire rentrer à l'intérieur.

Sa mère ne semble pas étonnée de la voir débarquer. Elle ne pose aucune question. Ce que sa fille lui a annoncé le matin au téléphone lui suffit : « Je quitte Philippe. J'arrive. »

Elles échangent des banalités en buvant un thé devant la cheminée où crépite le feu. Louise parle du stage de Léo à Sydney. Anne dit avoir allumé le chauffage dans la maison d'amis, rempli le réfrigérateur, fait le lit et sorti des serviettes. Entre les deux femmes, tout a toujours été lisse, fermement contenu dans les non-dits. Aucun secret n'a jamais été échangé. Aucune consolation n'a été attendue. Ni d'un côté ni de l'autre. Sa mère n'a jamais cherché à établir de connivence. Elle ne s'est jamais plainte non plus. La mort de son mari, son départ de Paris pour ce coin perdu du Perche, rien n'a fait l'objet d'une conversation. Depuis vingt ans, elle vit seule dans cette longère. Elle voit peu d'amis, lit beaucoup, médite, ce qui fascine Louise tant son existence semble déjà contemplative. L'ancienne ferme se trouve dans une zone blanche. Lorsqu'on s'inquiète de la savoir si isolée et coupée du monde, Anne répond : « Une zone blanche, c'est un endroit où tout devient possible, au contraire. » Louise devine que sa mère n'a jamais considéré Philippe comme étant un choix valable. Mais cela comme le reste n'a jamais été discuté. Même à cet instant où sa fille débarque avec sa valise comme une jeune mariée en déroute, rien ne trahit le fond de sa pensée. Elle est efficace, discrète, réservée. Durant l'enfance, Louise avait tenté de se conformer à ses attentes, ou du moins à ce qu'elle imaginait car, au fond, elle n'en savait rien. Longtemps, elle avait espéré un geste, une réponse, un signe d'approbation, un reproche même. Mais aucune main, aucune parole n'était venue la conforter ni la guider. Son père était plus tendre, mais Louise le voyait rarement. Il rentrait tard le soir, et travaillait une partie du week-end. L'idée de veiller à l'éducation de sa fille ou simplement de passer du temps avec elle ne l'avait pas effleuré. Dans les années 1960, l'exercice de la paternité se résumait bien souvent à assumer financièrement le train de vie familial. Dès lors, Louise s'était construite en avançant en funambule, pas après pas sur un fil tendu. Rien n'était sûr. Pour éviter la chute, il fallait faire doucement glisser un pied l'un après l'autre, concentrée, en contraignant sa respiration pour garder l'équilibre. Jusqu'au jour où elle avait compris que sa mère n'attendait rien. Leurs liens s'étaient alors définitivement figés dans cette relation feutrée et distante.

Elle s'installe dans la petite maison cachée derrière un voile de bouleaux. Une chambre, une salle de bains, une pièce avec un coin cuisine. Une vue époustouflante sur la forêt trois cents mètres en contrebas, et le ciel à perte de vue.

En se réveillant le lendemain, elle se félicite d'être venue. Contre toute attente, la nature et le silence que seul anime le souffle du vent lui apportent ce dont elle a besoin à cet instant de son existence. Un temps suspendu face à elle-même. À part quelques mots échangés avec sa mère, elle ne répond qu'aux appels de Laurence.

– Où es-tu ? Philippe m'a téléphoné. Il a tourné autour du pot mais j'ai compris qu'il te cherchait partout. Qu'est-ce qui se passe ?

– J'ai fait ce que j'aurais dû faire depuis longtemps. Je suis partie.

– Pourquoi ? Je veux dire pourquoi là, maintenant ?

– Tu n'es même pas surprise…

– On se connaît depuis trente ans ! Qu'est-ce qui justifie ce passage à l'acte ?

– Le mépris.

– Aïe ! C'est une histoire de fille ? Sérieuse ou juste une aventure ?

– Peu importe.

Louise est incapable d'exprimer la véritable raison de son départ. Dire que son mari a touché des pots-de-vin reviendrait à reconnaître la réalité irrémédiable des faits.

– Où es-tu ?

Son amie a toujours su interpréter ses silences. Déformation professionnelle sans doute. Laurence est psychologue.

– Chez ma mère.

– Tu es retournée chez ta mère à cinquante balais !

À l'autre bout du fil, Laurence éclate de rire. Louise rit avec elle. C'est bon.

– Oui, je sais, c'est ridicule.

– OK, je te donne trois jours pour rentrer à Paris. On ira dîner toutes les deux et on parlera. Je laisserai François, ça me fera des vacances, il me fatigue en ce moment.

– Ah bon ?

– Il compose la musique d'un film sur Woodstock, et il s'emploie à être d'une humeur psychédélique. L'ambiance à la maison est assez chaude.

– Ça vous rajeunit, non ?

– Oui, mais c'est épuisant ! Bon, termine ton livre, j'ai hâte de le lire, et reviens vite.

– Je te tiens au courant.

Louise raccroche et s'installe à son ordinateur. Plongeant dans son roman, tout disparaît. La colère, le mépris, l'amertume, l'angoisse, le sentiment poisseux de trahison. Comme un interrupteur, l'écriture dissout tous ces sentiments dans un oubli temporaire, et se dresse tel un rempart contre ce qui pourrait l'anéantir. Le reste du temps, Louise se convainc que rien n'a vraiment d'importance. En ce qui concerne Mathilde, elle y parvient sans trop de difficulté. L'histoire est si banale. Ce qui ne passe pas, ce qui lui laisse ce goût amer dans la bouche, qui la réveille la nuit en sueur et lui donne envie de s'extraire de sa propre vie, c'est la malhonnêteté de Philippe. Les trois cent mille dollars, le compte dans un paradis fiscal, les mensonges, c'est assez pour achever un amour dans lequel l'amour s'est déjà enfui.

Au dixième message de son mari, elle finit par répondre.

– Ah, te voilà enfin. Où es-tu, Louise ? Qu'est-ce que tu fous ?

– Voyons-nous. Demain vingt heures, tu es disponible ?

– Oui. On ira chez *Marius et Janette.*

– Non. Huit heures au petit café sur la place.

– Tu parles du bistrot minable ?

Elle raccroche sans répondre.

Le lendemain est une belle journée d'hiver. Elle profite de l'absence de Philippe pour récupérer quelques affaires rue de Varenne. Puis elle traverse la Seine et se promène dans les jardins du Palais-Royal. De jeunes couples de Japonais s'y photographient. Chaque fois, c'est le même manège. Les filles se figent de trois quarts dos, jambe légèrement fléchie, tête tournée vers l'objectif de leur fiancé, regard baissé probablement lourd d'un sens tout asiatique. Assis sur un banc, des amoureux les observent avec amusement. Plus âgés, ces deux-là doivent vivre une longue passion, ou alors ils viennent de se rencontrer après des existences de heurts qui rendent leur bonheur et leur complicité d'autant plus touchants. En observant ces couples, Louise se demande s'ils se parleront encore dans six mois, dans un an, dans vingt ans. S'ils se souviendront seulement de cet après-midi de janvier passé dans un parc parisien, de leur légèreté d'alors, de leur certitude de se trouver au centre de l'univers, non pas grâce à la splendeur de la capitale ou à la parfaite géométrie du square bordé de sa galerie en arcades, mais grâce à la fulgurance de leurs sentiments. Elle se demande si cet homme et si cette femme éprouveront encore, ne serait-ce que l'espace d'une seconde, une pointe au cœur en repensant à ces instants d'évidence. Cette pointe au cœur, Louise la ressent parfois. Plus aussi souvent ni avec la même intensité qu'autrefois, mais au fond d'elle demeure la survivance du seul amour qui l'a chavirée. Ensemble, ils avaient longé des bords de mer, visité des musées, partagé les mêmes lectures, voyagé, vu U2 ou Sting en concert, et il suffisait parfois d'une lumière d'orage, de quelques notes de musique, de l'évocation d'un livre pour réactiver la mémoire de Louise. Chaque fois, les souvenirs la frappaient avec la force d'un coup qu'elle n'aurait pas vu venir. Chaque fois, la permanence de ces émotions qui traversaient le temps telles les maladies endémiques la sidérait.

À l'intérieur du café, elle s'installe à une table près de la baie vitrée pour profiter de la chaleur du soleil et du spectacle de la rue. Ces quelques jours d'absence, parce qu'il ne s'agit pas d'un retour de vacances et qu'elle se trouve au seuil d'une vie à inventer, ont modifié tous ses repères. Ils l'ont rendue pareille à une étrangère étourdie par le rythme de la ville. Ce n'est pas désagréable. Retrouver sa liberté au moment où Léo prend son envol offre des perspectives grisantes. Elle voit s'ouvrir devant elle des possibles auxquels elle ne songeait pas il y a quelques jours à peine. Elle pense aux différents quartiers de Paris et sait qu'elle en choisira un moins compassé que le septième où elle a vécu. Moins cher aussi. Elle ne veut aucune aide financière de Philippe, elle ne veut pas de cet argent qui l'écœure et qui a révélé le gouffre creusé entre eux. Ses revenus d'auteur ne sont pas énormes mais elle peut payer un loyer raisonnable. Son seul luxe sera les voyages qu'elle va enfin pouvoir faire. Elle avait toujours rêvé de découvrir le Japon – trop loin –, l'Islande – trop froide –, d'aller n'importe où face à la Méditerranée au moment où les touristes s'en vont – trop de travail en septembre. Philippe avait toujours une bonne raison de rester à Paris. Elle commande une salade, un thé, et observe les piétons qui avancent, le menton haut pour certains, s'effaçant devant la foule pour d'autres. L'attitude dit autant que les regards. Il y a si longtemps qu'elle n'a pas pris le temps de ne rien faire, de se fondre dans la ville, de n'être plus qu'une âme légère et libre. Autrefois, elle adorait ça. Le soleil chauffe contre la vitre, et elle se souvient de la naissance de son premier roman. C'était une autre saison, elle avait vingt-trois ans et sirotait un citron pressé en terrasse. Elle avait remarqué une silhouette fragile qui se détachait de la foule par son sourire rayonnant. Louise s'était amusée à lui inventer une existence. L'inconnue était née en Ukraine à cause de ses yeux clairs et de ses pommettes larges, elle aurait tout aussi bien pu être russe mais Louise l'avait préférée ukrainienne. Arrivée en France un peu avant ses vingt ans avec des rêves devenus au fil du temps illusions puis désillusions, elle avait eu quelques amours malheureuses, avait traîné trop longtemps sans papiers ni travail fixe. La chute avait été inexorable. Mais ce matin-là, après avoir trouvé par terre un portefeuille bien fourni, elle s'était acheté un croissant au beurre. Puis elle s'était offert une nouvelle paire de chaussures. En sortant de la boutique, elle avait abandonné dans une poubelle ses anciennes boots qui prenaient l'eau et lui blessaient les pieds et en avait éprouvé une joie enfantine. Voilà ce que Louise avait imaginé. Le souvenir de la passante l'avait accompagnée et, au fil des semaines, s'était dessiné peu à peu un personnage avec son propre destin romanesque auquel Louise avait prêté les traits de cette femme.

Par association d'idées, d'une Ukrainienne à l'autre, et même s'il n'y a aucune comparaison possible, Louise pense à Yana. Son amie mène une existence douce auprès de son mari Henri. Elle ne travaille pas. Lui est astrophysicien. Ses travaux sont suivis dans le monde entier. Il est assez mondain, ce qui peut surprendre pour un scientifique, mais c'est un esprit brillant et les discussions avec lui sont passionnantes. Yana est toujours de bonne humeur, et son sens de l'autodérision et sa liberté d'esprit réjouissent Louise. Elle analyse les gens et les situations très finement, même s'il lui arrive de jouer à l'idiote. Elle accentue alors son accent slave, fait rouler les R en écarquillant ses yeux bleus, et personne ne peut deviner ce qu'elle pense de son interlocuteur. Depuis des années, les deux couples louent une maison en Dordogne les quelques jours que Philippe concède aux vacances, une semaine à Noël, à peine davantage en août. Pendant l'année, ils vont au cinéma, au théâtre ou à l'Opéra. Connaissant les goûts de chacun, Yana repère les spectacles, guette les sorties et s'occupe de réserver les places.

– Bonjour, Louise. J'allais justement t'appeler.

– Comment était Venise ?

– Oh, Venise dans les brumes hivernales, c'est magique. Vous devriez aller y passer un week-end.

– Ça ne risque pas.

– Philippe est débordé, comme d'habitude ?

– On se sépare.

– Tu plaisantes ?

– Non. Je ne peux pas déjeuner demain. Je pars ce soir en Normandie.

– Tu as un amant ?

– C'est gentil d'envisager les choses dans ce sens.

– C'est Philippe qui a déconné ?

– On peut dire ça.

– Décidément, ils sont tous menés par le bout de leur queue.

– Tous ?

– Je préfère ne pas savoir ce qu'Henri trafique quand il fait ses conférences à l'étranger.

– Non, pas Henri.

– En fait, si j'apprends qu'il me trompe, je l'étouffe dans son sommeil !

– Je reconnais bien là ta délicatesse.

– Ah non, tu as raison, je lui crève d'abord les yeux. Bon, c'est une minette du ministère, une journaliste ?

– Je te raconterai. Je te préviens dès que je rentre à Paris.

Louise arrive la première au rendez-vous. Il est dix-neuf heures quarante-cinq. Dix minutes plus tard, Philippe débarque avec sa mine des mauvais jours. Il s'assied, tente un sourire, mais il connaît sa femme et sent que l'humeur n'est pas aux retrouvailles.

– Je souhaite divorcer, lui assène-t-elle très calmement.

Il éclate d'un rire nerveux. Avant qu'il reprenne ses esprits, elle enchaîne :

– À l'amiable, et sans traîner.

– C'est parfaitement absurde. Il n'y a jamais rien eu entre Mathilde et moi. D'accord, elle m'a envoyé ces photos ridicules, elle est amoureuse, qu'est-ce que j'y peux, mais je m'en fous, de cette fille. Ces photos, je croyais les avoir jetées. Je ne m'en souvenais même plus.

– Ne te donne pas tant d'importance. Il ne s'agit pas tant de ton infidélité, mais de mon intégrité. Ou de mon éthique, comme tu me l'as dit l'autre jour avec tant de mépris. Maître Camus sera mon avocat. De ton côté, prends qui tu veux. Avec le consentement mutuel, en un mois, ce sera réglé.

– Un mois, tu rêves, ma pauvre ! Je n'ai aucune intention de divorcer.

– Tu préfères que je révèle l'existence de tes magouilles et de ton compte sous les tropiques ?

– Parce que tu vas me dénoncer ? Je te signale que si je tombe, tu tombes avec moi.

– Tu veux voir si j'en suis capable ?

– Tu n'auras pas un euro, je te préviens.

– Ça tombe bien, je n'en veux pas.

– C'est parfait.

Le serveur interrompt Philippe en apportant leurs cafés.

– Tu comptes habiter où ? Tu as un amant ?

– Rien ne t'arrête !

– Tu es vraiment trop conne.

– J'ai une photo du relevé bancaire.

Il blêmit. Se tait.

– Bon, pour le divorce, je vois que nous sommes d'accord. Et sois gentil de ne plus m'insulter ni m'appeler ma pauvre. Je te souhaite une bonne soirée.

Elle se lève et quitte le café. Puis elle reprend la route vers son refuge normand.

Louise fait de longues marches en forêt. Les troncs s'élancent vers un ciel absent. Les feuilles mortes craquent sous ses pas. Elle découvre les odeurs de terre humide et de mousse en décomposition. Elle traverse les champs figés par janvier. L'air lui fouette le visage et la fait pleurer. Elle réinvestit peu à peu son corps et sent un déploiement intérieur. Elle se déteste un peu moins. Son regard est en train de changer. Sur tout.

À part ces échappées, elle s'accroche à son livre. Installée à son bureau devant la fenêtre, le présent se dissout. Tel est le pouvoir de l'écriture, annihiler la réalité. Dans ces heures consacrées à son nouveau roman ne subsiste qu'un passé réinventé qui la ramène vers les années 1980. Certes, il y avait le sida. Mais c'était l'époque de la création des radios libres. La musique surgissait partout, sous toutes les formes, rock, pop, électropop, soul, reggae… La France s'était réveillée socialiste dans un vent de révolution tranquille. Le mur de Berlin était tombé, faisant naître l'espoir d'une Europe pacifiée et unifiée. L'existence ressemblait à une pochette-surprise. Les rencontres appartenaient au hasard. Les portables et Internet n'existaient pas. Les gens sortaient nez au vent, l'œil aux aguets. L'aventure flottait partout et n'était soumise à aucun écran bleu. Il fallait être audacieux pour aborder l'autre. On captait quelques éclats de vérité dans un regard, on effleurait une peau, une chaleur, une odeur, on prenait le temps de se découvrir au fil des conversations, des jours, des nuits. Tinder ou Meetic n'avaient pas encore tout simplifié. Aucune explication n'avait annexé la liberté de chacun, calibré les désirs, exacerbé l'égotisme jusqu'à nier la réalité au profit d'une fiction de vie. La transparence n'était pas encore devenue une dictature. La transparence est pourtant si falsifiable. C'est la plus grande supercherie, le mensonge le mieux partagé. Le monde tendait moins au chacun pour soi et à l'uniformisation. Les réseaux sociaux n'étaient pas encore ce mégaphone à échelle planétaire donnant une voix égale à l'expert et au moralisateur inculte, rendant l'un et l'autre aussi légitimes à s'exprimer. Face au déferlement d'informations incomplètes, partisanes ou inexactes, de déclarations autocentrées, de revendications ineptes, les spécialistes n'avaient pas à se justifier, à défendre ce qu'ils avaient étudié durant des années. La pensée faisait l'être quand à présent il suffit d'une proclamation.

L'ambiance n'était pas au puritanisme et à la bien-pensance. Elle se préférait festive. Alaïa créait des robes ultramoulantes qui faisaient fantasmer les femmes autant que les hommes pendant que Jean-Paul Gaultier inventait pour Madonna des corsets insensés de provocation. Draguer restait un jeu dont personne ne se plaignait. La sexualité était joyeuse. Les seins des filles se libéraient sur les plages, sur les affiches de pub, juste avant le journal du soir de la première chaîne de télé, devant les millions de Français regardant les coco-danseuses et playmates de l'émission de Collaro. Pour autant, personne n'aurait eu l'idée de dévoiler au monde entier les détails de sa vie privée, les photos de sa progéniture en couches-culottes, personne n'aurait songé à valider son existence en exhibant sa dernière conquête ou sa bague de fiançailles. On avait encore le sens de la décence.

Ces années étaient aussi le temps d'avant Philippe. Le temps d'un autre homme. Louise avait vingt-quatre ans, lui dix de plus. Pour elle, Julien avait quitté sa femme et leur petite fille. Il était écrivain et professeur de littérature. Louise venait de publier son premier roman. Ils avaient partagé les mots, les heures passées à faire l'amour, à perdre le sens du jour et de la nuit, à s'endormir en ne formant qu'un seul corps brûlant, emboîtés l'un dans l'autre. Sans doute était-elle arrivée dans sa vie trop tard, ou trop tôt. Rattrapé par la culpabilité, du moins c'est ce qu'il avait prétendu, Julien était parti. Mais peut-être avait-il juste cessé de l'aimer. Ou peut-être, au cours de ces deux années, l'avait-il seulement désirée. Au fond, Louise n'a jamais vraiment su où s'était situé l'attachement de Julien. Elle a fini par le fixer dans une zone indéterminée, quelque part entre l'affection et l'appétit. Louise quant à elle avait aimé son intelligence, ses rires féroces, la douceur de sa peau, ses moments d'abandon, son regard aux teintes de mer du Nord, ni bleu ni gris ni vert, mais pâle et changeant dans lequel alternaient éclats de joie et tourments. Elle avait adoré cet homme inconstant et désinvolte qui déclarait « Je t'aime » sans savoir de quoi il parlait, sans mesurer ce qu'il disait, qui lui faisait des promesses qu'il savait mensongères et alors même qu'elle ne lui en demandait aucune. Après leur séparation, elle lui en avait voulu bien sûr. Mais elle n'avait pas su l'oublier. Son souvenir s'était ancré en elle comme le grain de beauté sur son épaule. Pendant des années, elle s'était endormie chaque soir avec le manque du corps de Julien. Chaque fois qu'elle était retournée à New York où ils étaient allés ensemble, lorsque le taxi franchissait l'Hudson et que Manhattan se dressait devant elle, vertical et majestueux, sa main glissait sur la banquette à la recherche de celle de Julien. Elle reconnaissait les rues qu'ils avaient arpentées, le bar de jazz de SoHo où ils avaient écouté trois vieux Noirs chiffonnés qui jouaient comme des dieux, ce restaurant de Little Italy où ils avaient atterri, épuisés, après des heures de marche, elle s'éternisait toujours un peu trop devant le Rothko du Whitney Museum dont ils avaient admiré la beauté sanguine. Puis peu à peu, sans jamais mourir, cette passion s'était estompée dans le cœur de Louise, et Julien s'était enfoncé dans un coin plus reculé de sa mémoire. Cette persistance, elle ne l'a partagée avec personne et leur histoire n'a traversé aucun de ses romans. C'était juste une vaillante petite flamme qui l'avait réchauffée et avait insufflé à son existence un souffle la faisant se sentir plus vivante. Elle n'a plus jamais ressenti cette vibration, lorsque les couleurs prenaient auprès de Julien une autre profondeur, que tout prenait une autre profondeur, un rire, un bonheur, une peine, un lever de lune rousse, la sensation de la peau de l'autre contre la sienne. Philippe n'a rien deviné. Il a toujours connu Louise avec des moments d'absence. Au début de leur couple, il s'étonnait : « À quoi tu penses ? » Elle répondait : « Au paysage, à mon livre, aux vacances. » Philippe prenait ses silences pour des rêveries de romancière pendant qu'elle lui en voulait secrètement de n'être pas Julien. Elle était là, mais avec cet autre égaré dans les méandres de son cœur. Certaines nuits, par une involontaire juxtaposition, leur bonheur raisonnable lui donnait envie de pleurer. C'était injuste, parfaitement injuste. Elle avait continué à avancer, à construire sa vie, leur vie, à connaître des moments heureux. Elle était amoureuse. Différemment. Et puis leur fils justifiait tout. Elle s'était habituée à aimer mais pas totalement, avec une infime réserve, en se forçant parfois juste un peu. Ça a presque duré une vie.

Jusque-là elle a reculé le moment d'avertir Léo des évènements récents. Depuis son départ en Australie et à cause du décalage horaire, ils ont pris l'habitude de communiquer par mails ou par WhatsApp. Mais ici, il n'y a aucun réseau. Elle va dans la maison principale. Le téléphone fixe est dans la chambre d'Anne. Louise s'assoit sur le lit, compose le numéro. Léo raconte sa vie à Sydney, parle de son stage. Il est heureux. En l'écoutant, Louise découvre avec étonnement sur la table de nuit et sur la commode des photos de Léo à différents âges, et d'autres, encore plus anciennes, d'elle enfant ou adolescente. Elle fait durer la conversation en posant toutes sortes de questions, juste pour le bonheur d'entendre son fils. Elle en oublie presque les raisons de cet appel. Lorsqu'elle lui annonce sa séparation avec son père, Léo marque un temps.

– Qu'est-ce qui s'est passé ?

– Nos évolutions respectives. On a tenu vingt-trois ans, c'est déjà pas mal.

– Sans doute… Comment tu vas ?

– Bien. Je suis chez ta grand-mère. J'avais besoin de m'éloigner un peu de Paris.

– Et papa, ça va ?

– Je suppose. Mais passe-lui un coup de fil. Ça lui fera plaisir de t'entendre.

– Je suis désolé pour vous. En même temps, l'ambiance était devenue glaciale. J'avais l'impression de voir deux étrangers partageant le même espace sans avoir plus rien en commun.

– Ça se voyait tant que ça ?

– Ben oui. Où tu vas habiter ? J'imagine que papa reste rue de Varenne.

– Je ne sais pas encore. Je trouverai un endroit plus petit. C'est bien de changer. Je te préparerai une belle chambre pour ton retour.

– Je pensais plutôt prendre un studio ou une colocation. Viens me voir à Sydney. L'appartement est petit, mais ça te changera les idées. Ici, il fait vingt-six degrés.

– Oui, c'est une idée. Pour l'instant j'écris et je voudrais terminer assez rapidement. On s'en reparlera. Ça serait bon de te voir. Tu me manques.

C'est au tour de Léo de parler pour ne rien dire afin de prolonger ce moment avec sa mère. Il évoque son retour en France. Louise le laisse dire mais tremble à l'idée de le voir revenir dans la tourmente. Bien sûr, elle garde pour elle la découverte du compte à l'étranger et la liaison avec l'assistante.

Le jeudi suivant, Louise se rend dans la ville la plus proche, à quinze kilomètres. C'est le jour du marché. Après avoir vérifié qu'elle n'a rien oublié sur la liste des courses, elle achète des confitures, du miel et des roses de Noël pour Anne. Puis elle s'arrête chez le marchand de journaux. La une d'un hebdomadaire attire aussitôt son attention. En titre : *Bergot rachète Pressinvest.*

Elle rentre en roulant trop vite sur les petites routes sinueuses, s'enferme dans sa maison et ouvre le magazine. Plusieurs pages illustrées d'un portrait de Bergot, bras croisés et menton frondeur, sont consacrées aux *Dessous de l'affaire Pressinvest.* Louise cherche si Philippe y est cité. Et tombe à la fin de l'article sur une petite photo qui la stupéfie. En légende : *Louise Voileret, Pierre Bergot et Philippe Dumont, des amis de longue date.* En quelques lignes, le journaliste écrit que l'amitié entre Bergot et elle remonte à leurs années de lycée, et que les deux hommes se sont connus plus tard, par son intermédiaire. Ce qui est faux. S'ils avaient bien été dans la même classe, à aucun moment ils n'avaient sympathisé. Louise ne l'avait jamais l'apprécié. En terminale déjà, elle le trouvait faux. Faussement aimable. Faussement sympathique. Faussement bienveillant. Derrière chaque sourire se cachait un possible coup de poignard. Et des coups de poignard, Bergot en donnerait beaucoup. Après le bac, elle ne l'avait plus revu jusqu'à ce qu'elle rencontre Philippe. Entre-temps, les deux hommes avaient fait connaissance et étaient devenus proches. Elle se souvient du jour où ce cliché a été pris. C'était il y a six ans au Grand Palais, à l'avant-première de l'exposition consacrée à Edward Hopper. En chemin, Philippe et elle s'étaient disputés à propos des études de leur fils. Jusque-là, il ne s'était jamais préoccupé de son éducation. Leur relation avait changé lorsque Léo était devenu adolescent. Philippe était alors passé d'une tendre indifférence au dénigrement et à un interventionnisme de chaque instant. Louise avait l'impression que se jouait là un phénomène inversé de compétition dans lequel le père avait besoin de tuer le fils. Dans la voiture, Philippe avait expliqué que Léo devait s'orienter vers une première scientifique. Louise avait opposé qu'il détestait la physique et trouverait davantage sa place en section économique. Ça avait dégénéré. Philippe lui avait reproché de trop le protéger, de favoriser sa paresse naturelle, d'être irresponsable. Sans un bac S, Léo ne pourrait jamais intégrer une grande école, elle ne se rendait pas compte des réalités du monde actuel, il avait les capacités de réussir Polytechnique pour peu qu'il se remue. Il n'allait pas hypothéquer sa vie future parce qu'il n'appréciait pas la physique, avait-il conclu. Louise avait répondu que de passer par les meilleures écoles n'empêchait visiblement pas d'être un parfait imbécile. Puis, lèvres serrées, elle s'était garée avenue Franklin-Roosevelt. Ils avaient marché en silence jusqu'à l'entrée de l'exposition. Bergot était arrivé sur leurs talons. Les photographes avaient tenu à les prendre tous les trois ensemble. Louise s'était écartée mais ils avaient insisté pour qu'elle les rejoigne. Elle avait laissé Pierre au centre.

La présence de cette photo en fin d'article n'est sûrement pas innocente, et Louise est furieuse d'apparaître dans cette enquête à cause de sa prétendue amitié avec l'homme d'affaires. Le nom de Philippe y est évoqué, mais aucun lien n'est encore clairement établi entre lui et l'attribution d'un groupe de médias. Pourtant, les quelques lignes où son mari et elle sont cités indiquent le sens des investigations à venir. Pour le reste, le journal dresse un portrait peu flatteur de l'homme d'affaires et rappelle son dernier raid. Il venait de racheter une maison de production au bord de la faillite qui possédait l'un des meilleurs catalogues de films des trente dernières années. Dès sa prise de contrôle, Bergot avait annulé tous les projets en cours, y compris ceux qui avaient déjà leur financement et dont le tournage était programmé, et avait déposé le bilan. Ça avait fait grand bruit. Toute la profession s'était insurgée et l'avait traité de charognard. L'affaire était remontée jusqu'au ministre de la Culture qui avait brillé par son inconsistance. Dans l'affaire Pressinvest, à aucun moment

Bergot n'avait figuré sur la liste des prétendants, et la décision du vendeur avait surpris tout le monde, d'autant plus que son offre était la plus basse. Mais un proche resté dans l'anonymat confiait ici que le choix s'était porté sur lui pour éviter de voir tomber journaux, magazines et sites web prescripteurs dans des mains étrangères. En haut lieu, on ne voulait pas d'investisseurs russes ou américains. Il y avait pourtant deux autres Français en lice, ceux-ci dénonçant des irrégularités et promettant de ne pas en rester là.

Louise referme l'hebdomadaire. Elle n'a plus le moindre doute quant à la provenance des trois cent mille dollars. Philippe a bien œuvré en sous-main pour favoriser son ami et en tirer profit à titre personnel. Elle lui envoie aussitôt un texto.

– Tu as vu le journal ?

– Oui.

– Et…

– Et quoi, Louise ?

– Tu vas faire taire ces allégations sur mes liens avec Bergot ?

– Je ne vois pas comment. Du reste, tu as connu Pierre bien avant moi, c'est un fait.

– Tu te fous de moi !

– Si tu le dis…

– J'aurais tellement aimé m'être trompée. Tu as choisi ton avocat ?

– Oui, maître Laffon. Mais tu sais ce que j'en pense…

– Toi aussi, tu sais ce que j'en pense. Mon avocat prendra contact avec le tien.

– Quelle bêtise, ce divorce.

– La bêtise, c'est tout le reste. Et débrouille-toi pour que je n'apparaisse plus dans la presse au sujet de cette affaire. Entre toi et Bergot, vous devriez pouvoir contrôler la situation sans trop de difficulté.

L'appel de Yana arrive à ce moment.

– Louise, quand est-ce qu'on déjeune ? Tu es rentrée ?

– Pas encore. Quelles sont les nouvelles ?

– Nos maris se sont vus. D'après Henri, Philippe n'a pas voulu s'étendre sur le sujet et il essaie de faire bonne figure, mais il est anéanti par votre séparation. Henri dit ne jamais l'avoir vu aussi tendu.

– Je ne reviendrai pas, Yana. Et il en faut bien davantage pour anéantir Philippe.

– Je ne savais pas que tu étais intime avec Pierre Bergot. Je ne veux pas être indiscrète, mais ton départ a un rapport avec lui ?

– Tu sous-entends que j'aurais une liaison avec lui ?

– Je ne sais pas. Je te pose juste la question. Cette crise entre Philippe et toi est tellement incompréhensible.

– Tu m'imagines sérieusement avec ce type ?

– Comme tu n'as jamais évoqué cette relation, ça m'a interpellée.

– C'est l'ami de Philippe, pas le mien. Et encore moins mon amant.

– Tu me rassures.

– Je t'appellerai à mon retour.

Louise raccroche. Il lui faut un moment pour assimiler l'enchaînement des séquences. Dans l'ordre, les journalistes ont commencé leur travail d'investigation, et il ne fait aucun doute que leurs recherches aboutiront tôt ou tard. Ensuite, les deux candidats à l'achat de Pressinvest éconduits s'agitent eux aussi, ceci expliquant la fébrilité de Philippe. Enfin, elle se retrouve désignée comme proche de Bergot, au point que ses amis envisagent qu'elle soit sa maîtresse. Elle peut donc être certaine que cette rumeur prospérera et donnera lieu à toutes les spéculations.

Louise passe la journée à mettre ces informations bout à bout, à les croiser dans tous les sens pour mesurer les menaces potentielles, à identifier l'intensité du danger, à essayer de garder son calme, à voir comment esquiver les coups.

Trois jours plus tard, Léo l'appelle.

– Tu as vu ce qui circule sur Internet, maman ?

– Non.

– Tu n'es vraiment pas au courant ?

– Tu parles de l'enquête dans le journal ?

– Non. Tu aurais joué un rôle déterminant dans le rachat de Pressinvest pour t'assurer de bonnes critiques dans les différents titres de Bergot et donner un coup d'accélérateur à ta carrière.

– C'est une plaisanterie ?

– Le buzz est en train d'enfler. Tu devrais y jeter un coup d'œil.

Elle raccroche. Elle s'attendait à être attaquée sur une supposée complicité avec Philippe, mais pas avec Bergot. Comme tous les grands fauves, il mesurait d'instinct jusqu'où il pouvait aller et avec qui. Dès le lycée, il avait senti que Louise n'était pas dupe, qu'elle percevait à travers chacune de ses amabilités, chacun de ses coups de griffe la façon dont il manipulait ses proies. À partir de là, ils avaient maintenu l'un envers l'autre une distance qu'aucun n'avait jamais eu la maladresse de franchir. Lorsque Louise le croisait en public, ils échangeaient une ou deux phrases convenues sur le ton d'une apparente cordialité, toujours à l'initiative de l'homme d'affaires. La désinvolture avec laquelle Louise répondait lui confirmait qu'il n'aurait jamais prise sur elle.

Cette tempête, Louise ne l'a pas vue venir, pas sous cette forme. Être désignée comme l'instigatrice de la vente du groupe de presse est tellement absurde. Elle va rester à l'abri, cachée au fond de la forêt, ignorer ces ragots, les réseaux sociaux, les forums de discussions. Ici, elle est inatteignable.

Elle part marcher puis se jette dans l'écriture comme on enfouit sa tête dans l'oreiller, avec l'espoir de ne plus entendre le vacarme environnant.

Après le dîner pourtant, elle prend sa voiture et roule dans la nuit jusqu'à l'entrée du village. Elle s'arrête sur le bas-côté, sort son portable et regarde Twitter. Elle voit aussitôt apparaître les publications, toutes datées des derniers jours.

« Mme Voileret, la romancière et épouse du secrétaire d'État au Numérique Philippe Dumont, est intervenue pour que son ami Pierre Bergot rachète Pressinvest. »

« Ces trucs-là, c'est toujours des combines ! »

« De quoi vous parlez ? »

« Réfléchis. Pressinvest possède deux magazines littéraires, un site web et plusieurs journaux consacrés à la culture, et Voileret est écrivain. »

« Louise Voileret connaît M. Bergot, mais, à ma connaissance, rien ne prouve qu'elle est mêlée à la vente du groupe de médias. »

« Tu parles ! Marre de cette consanguinité ! »

Une photo apparaît et Louise reconnaît le groupe d'adolescents posant pour la photo de classe. Bergot se tient deux rangs derrière elle. Leurs visages sont entourés chacun d'un cercle rouge. Suit un long texte :

« Louise Voileret, l'écrivain des beaux quartiers, a toujours su merveilleusement bien s'entourer. Dès le lycée, elle a noué des liens avec Pierre Bergot, aujourd'hui nouveau propriétaire de Pressinvest. Étudiante à la Sorbonne, elle fait tout naturellement un stage d'été au Figaro, *bon sang ne saurait mentir. Le service littéraire accueille la jeune stagiaire quand d'autres passent leur été à travailler dans un fast-food. On ne s'étonnera donc pas de voir son premier roman publié deux ans plus tard. Puis elle épouse Philippe Dumont, homme politique réputé pour son puissant réseau. N'en jetez plus ! Pourtant, il lui en faut davantage. Pressinvest est à vendre. L'opportunité est trop belle. Elle fait le lien entre M. Bergot et son mari. Ce dernier ouvre les bonnes portes, ignorant le conflit d'intérêts. De son bureau de Bercy, rien n'est plus simple. L'homme d'affaires saura remercier Mme Voileret le moment venu, elle peut attendre sereinement le renvoi d'ascenseur. Quant à la qualité de ses romans, qui s'en soucie ? Personne ! Absolument personne. Pas plus l'auteur que son éditeur. Mais tout de même, il faut dire ici l'imposture. Ces petits drames bourgeois dignes d'une* telenovela *sont écrits d'une plume qui voudrait imiter Sagan sans y parvenir. Mais Louise Voileret n'a pas de souci à se faire. Elle*

peut déjà être assurée que la presse fraîchement tombée entre les mains de Pierre Bergot encensera son prochain opus. Dans le monde de Mme Voileret, on sait pouvoir compter sur ses amis. »

Louise s'est recroquevillée dans sa voiture. Depuis toujours, elle fixe sa pensée, ses désirs, ses rêves, ses peurs, ses regrets par le biais des mots. Elle ne cherche qu'à combler sa nécessité d'écrire. Les lecteurs qui la suivent depuis des années lui suffisent et la notoriété n'a jamais été son objectif. La voilà pourtant punie pour une faute qu'elle n'a pas commise. Au centre d'un débat qui lui est étranger. Les vitres sont embuées. Son esprit l'est bien davantage. Elle essuie le pare-brise de sa paume pour dégager une lucarne de visibilité et démarre. Les roues patinent sur l'accotement boueux. Comme animé par une force autonome, le véhicule hésite entre l'avant et l'arrière, et dérape dans le fossé. Louise donne un coup d'accélérateur et réussit à s'extraire du bas-côté. Quelques mètres plus loin, elle fait demi-tour et quitte la pâle lueur des réverbères du village. Elle roule doucement. Le brouillard a tout effacé, la campagne et la route. La lumière des phares pénètre une nuit minérale. Elle conduit les mains crispées sur le volant, le regard cherchant le ruban d'asphalte qui se dévoile mètre après mètre. La buée revient, Louise augmente l'aération. Elle a l'impression d'avoir plongé au fond d'un océan. Tout est opaque, sombre, humide. Asphyxiant. Elle s'enfonce dans un monde inconnu. Elle doit expliquer la méprise, se défendre de ce mauvais procès, dire qu'elle n'a rien à voir avec Bergot et qu'il ne sert à rien de l'attaquer pour chercher à l'atteindre lui. Elle s'en occupera demain. Elle tremble de la tête aux pieds. Il est tard. Elle est frigorifiée. Elle arrive à la maison et s'enfouit sous la couette sans enlever son pull.

Elle appelle Philippe dès son réveil.

– Tu as vu ce qui circule sur le Net, la virulence de la critique sur mon travail ?

– Laisse glisser, ça n'a aucune importance. Les persiflages, les fausses informations, ça finit toujours par se tasser. Aujourd'hui, ça tombe sur toi, demain ce sera sur quelqu'un d'autre et tout le monde aura oublié.

– C'est tout ce que tu trouves à dire ?

– C'est toi qui m'as quitté je te rappelle. Tu ne voudrais pas en plus que je te serve de chevalier servant !

– J'attends juste que tu assumes tes conneries.

– Mais de quoi tu parles, Louise ? Chacun sa vie, c'est bien ton choix ? Au passage, il n'y a pas que toi qui es citée. Je le suis aussi.

– À peine. Et toi, c'est normal.

– Tu as raison ! Moi, c'est ma fête tous les jours. Quand on a raconté des horreurs sur mon compte, il y a trois ans, lors de cette histoire d'abus sur de jeunes garçons, c'était d'une autre ampleur. Pourtant, j'ai survécu alors même que personne ou presque n'a jugé utile de relayer l'information quand on s'est aperçu que le pédophile était un homonyme. Bon, eh bien je suis toujours là.

– Tous les politiques sont attaqués, ça fait partie du job.

– Tu me fais marrer. Toi aussi, tu es connue. Je ne vois pas pourquoi tu resterais intouchable. Mais dans ton cas, il n'y a pas de sujet. Tes romans ont toujours reçu un bon accueil. Quand tu sortiras le prochain, tout se passera comme d'habitude. C'est-à-dire très bien.

– On se retrouvera avec les avocats.

– Je ne risque pas d'oublier, maître Laffon me dérange cinq fois par jour.

– Léo a l'air secoué par ces commérages, appelle-le.

Philippe a déjà raccroché. Elle se fige. À l'évidence, non seulement il ne fera rien pour la protéger, mais il ne semble pas fâché de la voir prendre les coups. Il est vrai que Philippe a toujours su s'arranger avec la vérité. Et dans l'instant, la vérité est que Louise est exposée en première ligne. Il en profite aussi pour lui faire payer l'affront de son départ. Pour le reste, il est égal à lui-même, désinvolte et autocentré. Devant Henri, il a joué au pauvre bougre abandonné par sa femme. Bien sûr.

Ça lui ressemble tellement. Jamais responsable, jamais coupable.

Elle laisse passer les jours. Répondre aux attaques diffusées sur Internet, se convainc-t-elle, c'est accepter d'avoir à se justifier, c'est donner du crédit à ces allégations et reconnaître qu'elle est atteinte. Plus encore, elle redoute d'entrer en contact avec leurs auteurs sans connaître leur degré de malveillance ni leurs véritables motivations. Alors, elle n'y pense plus. Mais le sentiment d'injustice s'insinue en elle, telle une douleur aux dents. Plus insidieux est le poison du doute. Les attaques font resurgir la question de l'imposture qu'elle avait fini par contenir à un niveau acceptable, mais dont elle ne s'est jamais vraiment défaite.

Trente ans plus tôt, en apprenant que son premier texte envoyé par la poste était retenu par un éditeur parisien, elle avait bondi de joie seule dans son appartement comme si elle venait de faire une bonne blague, la meilleure des blagues. Le soir, elle avait fêté la nouvelle avec Laurence. Elles avaient dansé jusqu'à l'aube sur la piste des *Bains Douches*, et Laurence répétait à tout le monde que le livre de sa copine allait bientôt sortir. Louise riait. Elle était heureuse. À cet instant précis, quelque part entre minuit et cinq heures du matin, elle avait été une reine. Elle avait vingt-trois ans et publiait son premier roman. Puis les choses s'étaient rapidement compliquées. Elle allait maintenant devoir progresser, prouver sa compétence, mériter la confiance de l'éditeur et des lecteurs. Louise était exigeante avec elle-même, parce qu'elle avait manqué d'un regard attentif et valorisant durant son enfance. Son aptitude à déceler chez les autres les faux sourires et les flatteries n'avait pas adouci son sentiment d'illégitimité, et elle avait écrit les livres suivants comme on marche face à un vent contraire. La tête rentrée dans les épaules, le regard baissé. Concentrée, volontaire, souvent dans l'inconfort. Au détour d'un mot, d'une phrase, d'une lecture, les doutes pouvaient l'envahir, et elle considérait son outrecuidance. La certitude qu'elle finirait par être démasquée l'entraînait alors dans une spirale infernale. Elle aurait préféré être légère et solide, mais elle persistait. Tant qu'elle était publiée… Tant que quelques-uns la lisaient… Au fil du temps, l'impression de mystification s'était peu à peu éloignée, laissant presque toute la place au seul plaisir d'écrire.

Mais à présent, soumise aux médisances, sa fragile assurance vole en éclats. Le syndrome de l'imposteur réapparaît. Il se déploie tel un monstre tapi au fond de son cortex.

Elle arrive à Paris après deux semaines d'absence. C'est un jour bleu et froid comme elle les aime. Un jour où la lumière claque sur les pierres blanches des bâtiments, étire les ombres sur les trottoirs, dessine d'un trait franc la silhouette des arbres dénudés, donne à la Seine l'illusion de pureté.

Elle se promène le long des quais. Pour la première fois, elle éprouve sa solitude. Ou plus exactement, le vide, mais un vide qui pèse le poids de toute une existence. Un vide empli de souvenirs, de rires anciens, de disputes et de réconciliations, de partage et de tendresse. Il paraît que les amputés continuent de sentir le membre disparu. Elle a passé vingt-trois ans avec un homme. Dans cette ville où ils ont vécu, par-delà l'amour perdu, les ressentiments, la trahison, leur rupture, cet homme est présent dans son absence. Elle ne le regrette pas, il ne lui manque pas. Mais elle se trouve démunie. Amoindrie. Perdue. Maladroite. Inutile. À son départ, Philippe n'a opposé que l'indifférence. Leurs liens étaient-ils à ce point ténus pour se défaire si facilement ? Il n'a rien tenté, ni de la rattraper ni de s'expliquer. Ce reniement de leur vie commune est sa vengeance. Elle a cessé d'exister pour lui puisqu'elle le contraint à un divorce dont il ne veut pas. Dans le milieu politique confiné dans la naphtaline des conventions, un homme peut avoir toutes les maîtresses possibles, sa femme demeure le meilleur alibi de sa respectabilité. Hypocrisie partagée par tous les camps, toutes les époques. De ce côté, la modernité attendra. Louise prive Philippe de ce point fixe. Elle le prive d'un attribut plus indispensable qu'une barrette de chevalier de la Légion d'honneur, mais moins qu'une rosette de grand officier. Il espère être fait officier. Dans son esprit, ce grade intermédiaire doit pouvoir compenser le désagrément d'une séparation. Mais peut-être s'agit-il pour lui d'un réel détachement égayé par la perspective du célibat. Louise ne sait plus. Elle s'est déjà tellement trompée. Elle regarde les mouettes virevolter au-dessus du fleuve et tente de ne retenir de cet instant que sa liberté. Elle marche au bord du quai. Le soleil envoie mille éclats miroitants sur l'eau. Éblouie, elle ferme les yeux.

Elle retrouve Nathalie pour déjeuner. Elles ne se sont pas revues depuis le dîner de janvier.

– Je commençais à m'inquiéter. Tu as disparu ?

– Je prends l'air de la campagne.

– Tu détestes ça.

– Rien n'est immuable !

– J'ignorais que Bergot était un de tes amis.

– Moi aussi.

– C'est donc Philippe ?

– Oui. J'ai rendez-vous à trois heures pour signer notre convention de divorce.

– Tu plaisantes ! Louise et sa légendaire discrétion. Dis-moi, tu n'as jamais eu envie de pousser un grand cri ? Bien violent et sauvage.

– Un jour peut-être… au fond des bois, sourit Louise.

– Au fond des bois, ça ne compte pas, ma chérie. Lequel de vous deux est parti ?

– Moi.

– Alors, ça vaut un grand cri ! s'exclame Nathalie. Comment tu te sens ?

– C'est étrange. J'alterne les moments d'angoisse et de griserie.

– Je peux comprendre. C'est excitant de tout envoyer balader, de démarrer une nouvelle vie débarrassée de son vieux mari, même si Philippe est un vieux mari dont beaucoup se régaleraient.

– La voie est libre.

– Pas pour moi. D'ailleurs, je suis devenue très sage.

– Tu as des nouvelles d'Hugo ?

– On se voit de temps en temps.

– Tu ne l'as jamais regretté ?

Un voile passe sur le visage de Nathalie.

– Il reste l'homme que j'ai le plus aimé. Mais il ne me rassurait pas. Je ne te parle pas du confort matériel, ça je m'en fichais, mais ses fragilités me faisaient peur. C'est un artiste, avec le meilleur et le reste. Je sais, c'est complètement idiot. Quand j'ai rencontré Richard, si solide, j'ai éprouvé de l'apaisement. J'ai pris ça pour de l'amour. Lorsque j'ai réalisé mon erreur, que j'ai voulu revenir, Hugo m'a envoyée balader. Et là, j'ai merdé une deuxième fois. Au lieu de me battre pour le récupérer, j'ai épousé Richard. Voilà. Depuis, on déjeune trois fois par an. Et chaque fois, je mets deux mois à m'en remettre. Je te laisse faire le calcul.

Les histoires diffèrent. Mais leurs regrets ont sûrement le même goût. Pour Louise, le choc avait été brutal. Pourtant, elle avait deviné les premiers embarras. C'était un imperceptible frémissement, comme un souffle faisant friser la surface d'une mer en apparence calme. Lucide et impuissante, elle avait vu Julien s'éloigner sans imaginer que sa main, encore si chaude et sûre, allait glisser soudainement. Après leur rupture, ils ne s'étaient plus jamais revus. Le silence avait rendu Julien chaque jour plus flou, plus trouble, et elle avait guéri de lui. Mais avait perduré longtemps le manque de cette ivresse qui modifie le regard, qui rend la peau plus soyeuse, le rire plus profond, le goût des fraises plus puissant, les rivières plus fraîches, les nuits plus précieuses. Longtemps, cette tristesse avait enveloppé Louise tel un nuage d'éther. Elle flottait, vaguement indifférente, comme intoxiquée. Longtemps, il avait suffi de presque rien pour qu'elle retombe dans cet état de privation. Mais à présent, pour elle comme pour Nathalie, le souvenir de leurs amours n'exprime plus que le renoncement.

– Où habites-tu ?

– Nulle part. Pour l'instant, je suis chez ma mère.

– On va faire la fête entre filles ! Richard n'arrête pas de voyager. Je dois récupérer un studio, mon locataire s'en va dans deux semaines. Tu pourras t'y installer le temps de t'organiser.

– J'espère avoir trouvé d'ici là. Mais c'est gentil.

Maître Camus attend Louise dans l'entrée de son confrère et la prend à part avant le rendez-vous.

– Vous êtes certaine de ne pas vouloir de pension ou une prestation compensatoire ?

– Oui. Qu'il aide Léo tant qu'il poursuit ses études. C'est tout.

– Bon… Si c'est votre choix. Mais le juge vous l'accorderait de façon certaine. Si on n'en fait pas la demande aujourd'hui, après ce sera trop tard. Vous ne pourrez plus revenir en arrière.

– Très bien.

– Je sais que vous n'allez pas être d'accord, mais je vais tout de même demander à M. Dumont de prendre à sa charge mes honoraires.

Ils retrouvent Philippe dans le bureau de son conseil. Les avocats leur font signer les documents. En moins d'une heure, Louise n'en revient pas, l'affaire est réglée. L'absence de compensation financière et de communauté de biens dans leur mariage a facilité la procédure. Philippe n'a opposé aucune résistance, il n'a pas desserré les lèvres. Il a juste sursauté et esquissé un mouvement vers Louise en entendant maître Camus lui réclamer le règlement de ses émoluments. D'un regard, maître Laffon lui a fait comprendre qu'il valait mieux se taire, et la requête a été validée.

Les avocats concluent l'entrevue en précisant que les époux ont un délai de réflexion de quinze jours. Après quoi, la convention sera envoyée chez le notaire, et le divorce acté.

Ils se retrouvent tous les deux sur le trottoir. Louise lui dit au revoir. Philippe répond : « Tu penseras à vider tes affaires de l'appartement rapidement. » Puis, sans un mot de plus, il part dans la rue en remontant le col de son pardessus. Louise le regarde s'éloigner. Se séparer semble si simple.

Elle achète des DVD qu'elle regardera le soir sur son ordinateur, une petite enceinte, des bottes en caoutchouc, et pour sa mère un livre sur les arbres et une écharpe.

À vingt heures, elle retrouve en haut des Champs-Élysées Laurence qui lui prend le bras comme à son habitude.

– Je te trouve très bonne mine pour une femme perdue. Le bon air, sans doute. À moins que ce soit le célibat…

À l'entrée du cinéma, Louise présente l'invitation pour l'avant-première. Au milieu des invités, elle aperçoit le scénariste du film, un auteur publié chez le même éditeur qu'elle dont elle apprécie l'humour froid et les romans baroques. Ils déjeunent de temps en temps ensemble. Il la courtise vaguement et Louise ne trouve pas ça désagréable. Il prétend qu'elle ressemble à ses héroïnes, qu'elle reste une énigme, une belle énigme. Alors qu'elle traverse la foule pour aller le saluer, il tourne les talons en apostrophant quelqu'un. Elles s'asseyent dans la salle, le film démarre. Ça taraude Louise pendant toute la projection. Il l'a vue, elle en est certaine. Alors qu'elle s'approchait, souriante, il l'a fixée une longue seconde avant de s'échapper. À peine les lumières rallumées, elle entraîne Laurence vers la sortie.

– Tu ne veux pas féliciter ton collègue ?

– Viens, on s'en va.

Elles traversent l'avenue et s'installent dans un restaurant danois.

– Bon alors, qu'est-ce qui s'est passé avec Philippe ? Cette histoire de fille, c'est sérieux ?

– Il ne s'agit pas de ça. C'est autre chose.

– Tu as rencontré quelqu'un ?

– Je préférerais.

– Ça suffit les devinettes. Je t'écoute.

– Philippe a touché des pots-de-vin. Trois cent mille dollars.

Laurence se tait. Puis fait signe au serveur.

– Deux vodkas, s'il vous plaît.

– Pas pour moi. Je prends la route tout à l'heure.

– Il est dix heures, je ne te laisse sûrement pas repartir ce soir. Tu dors à la maison. Je n'ai que le canapé à t'offrir mais il est confortable.

– Tu l'as testé ? Ça va avec François ?

– Une dispute de temps en temps, c'est très stimulant. Sérieusement, tu es certaine de ce que tu racontes ?

– Je suis tombée sur un relevé bancaire. Tu as entendu parler de la vente de Pressinvest ?

– Vaguement, oui.

– Pour l'instant, les dessous-de-table versés dans un paradis fiscal ne sont pas évoqués. En revanche, d'après les réseaux sociaux, je suis l'entremetteuse qui a permis à Bergot de mettre la main sur le groupe. J'aurais agi par intérêt personnel, figure-toi. Pour être soutenue dans les journaux qu'il vient de racheter.

– Qui prétend des inepties pareilles ?

– Aucune idée. Tout est anonyme.

– Mais quel rapport y a-t-il entre Bergot et toi ?

– Nous avons été en terminale ensemble, Philippe le connaît et il y a une photo de nous trois au Grand Palais. De là, tout un roman. Je n'arrive pas à y croire moi-même. La seule bonne nouvelle, c'est que dans moins d'un mois, Philippe et moi serons officiellement divorcés.

Laurence sort son smartphone de son sac et pianote le nom de son amie. Les deux femmes se penchent sur l'écran. Elles retrouvent les blogs, mais Louise découvre qu'ils se sont enrichis de nouveaux posts.

« Louise Voileret est une bourgeoise qui a des problèmes. Mais chez elle, pas de fins de mois difficiles. Dans ses romans, on s'aime, on ne s'aime plus, on se sent seul et perdu dans le vaste monde, on vieillit et ça fait mal, mais on souffre en silence parce qu'on est digne. Quelle indigence ! Ses amis, parmi lesquels on compte M. Bergot, milliardaire sans scrupules et sans culture, pour qui l'art est une marchandise comme une autre, doivent s'y complaire. Chers amateurs de littérature, passez votre

chemin. Lisez qui vous voudrez. Sauf Louise Voileret. Piérolefou.»

«Pas d'accord. Louise Voileret est un vrai écrivain. J'avais aimé son roman L'Arbre sous la mer, *qui a reçu le* Prix de Flore. *Caroline.»*

«C'est un éternel recommencement. Pendant que vous et moi, les femmes isolées, les retraités, les chômeurs, les petits salaires, nous battons pour un monde plus juste, les puissants font leurs petites magouilles entre eux. Mme Voileret organise ses affaires avec son ami milliardaire, son ami ou son amant, mais franchement, les histoires de cul de cette dame, on s'en moque. Par contre, pas question de laisser passer leurs arrangements entre nantis. Notre devoir est de nous battre contre l'injustice sociale entretenue par ces élites bourgeoises. Alors bien d'accord avec vous, Piérolefou. Aucun arbre ne mérite d'être abattu pour imprimer les livres de Louise Voileret. Sylviane.»

– Ça présage d'un bon accueil pour mon prochain roman !

– Tu dois leur répondre.

– Que veux-tu que je réponde ? Rien n'est vraiment faux, le lycée, mon mariage… sauf que je n'ai rien à voir avec cette vente. Mais c'est parole contre parole.

Le serveur apporte leurs verres. Laurence reprend son téléphone et tape encore quelque chose.

– … Bon, au moins sur Philippe, pour l'instant il n'y a rien de méchant. Mais qu'est-ce qui lui a pris !

Elle avale une gorgée de vodka et manque s'étouffer. Les larmes lui montent aux yeux.

– Je ne veux pas te faire pleurer, dit Louise avec un brave petit sourire.

Elle devine que l'entreprise de dénigrement dont elle est victime n'est rien comparé à ce qui l'attend quand l'affaire éclatera. Elle a envie de pousser ce cri sauvage et violent dont a parlé Nathalie. Mais on est dans un restaurant du huitième arrondissement, et Louise reste Louise. Elle opte pour la vodka. Et la nuit sur le canapé.

Le lendemain, à peine arrivée chez sa mère, elle part faire une longue promenade. Outre la sensation de salissure dont elle ne se défait pas, elle est traversée par l'angoisse en pensant à Léo. Il se trouve à l'autre bout du monde et n'est plus un enfant. Mais quel effet aura sur lui la révélation de la trahison de son père et le scandale à venir ? Jusque-là, elle avait essayé de le prémunir contre la médiocrité, même si viendraient les premières désillusions. Mais la menace qui pèse aujourd'hui sur lui est d'une autre ampleur. Il s'agit de honte et de déshonneur. Il s'agit de voir ses parents traînés dans la boue et d'en recevoir les éclaboussures. Il s'agit de porter son nom comme une couronne d'épines. Après ça, nul doute qu'il sera définitivement projeté dans l'âge adulte. Ça la rend malade. Elle y pense nuit et jour. Au fond, elle sait qu'elle ne pourra pas le protéger. Une vague haute et puissante va s'abattre sur eux. Il leur faudra la laisser passer, le cœur ralenti, le plus calme et régulier possible, les nerfs solides. Il faudra ne pas paniquer lorsque la déferlante les écrasera, les retournera dans tous les sens, et attendre qu'elle roule ailleurs. Pour Léo comme pour elle, il n'y aura aucune autre solution. Elle accélère le pas jusqu'à ce que la forêt et le silence lui apportent un répit illusoire.

Elle avait cloisonné vie privée et vie professionnelle. Tout au plus accompagnait-elle parfois son mari dans certains dîners officiels. Mais elle avait toujours refusé d'organiser la moindre mondanité chez eux. Dans le monde où évoluait Philippe, c'était atypique. Comme écrivain, elle ne s'exprimait qu'à l'occasion de la sortie de ses livres. Le reste du temps, personne n'entendait parler de Louise Voileret. Elle comprend maintenant que sa discrétion, au lieu de préserver sa tranquillité, a créé un espace que tous les fantasmes peuvent aujourd'hui combler, où toutes les inepties, toutes les élucubrations peuvent s'immiscer. Louise Voileret est cette romancière dont on sait seulement qu'elle est l'épouse d'un homme politique, l'amie de jeunesse d'un magnat sans manières, qu'elle évolue dans un milieu privilégié. Mais il aurait fallu qu'elle livre son point de vue sur le mouvement #BalanceTonPorc, sur la montée du populisme en Occident, sur les Gilets jaunes, sur la longueur des jupes de Brigitte Macron, sur le Brexit, sur son rapport à l'âge... Il aurait fallu qu'elle clame avec autorité les habituels lieux communs pour qu'on lui concède une autonomie de pensée. Elle aurait dû crier avec la meute, aligner les poncifs comme autant d'opinions pertinentes. Elle aurait dû s'exprimer, même autour du vide, le vide est un concept fédérateur. Mais elle a choisi de ne pas intervenir dans le débat public et de s'en tenir à la littérature. De là une illégitimité facile, sinon à établir, du moins à supposer. Ses silences se sont refermés sur elle comme un piège. Ils l'ont désignée coupable. Telle est sa responsabilité. À présent, elle va devoir sortir de sa réserve. S'affirmer. Assumer ce qui constitue son passé tout en continuant d'écrire, mais aussi en donnant son avis sur la pluie et le beau temps, sur le tout-électrique ou les énergies renouvelables, sur le végétarisme ou le véganisme, sur le bien et le mal. Elle va devoir s'inscrire dans ce nouveau monde où se répandre partout, sur tout, permet de contrôler son image. Son image, voilà deux mots associés qui lui déplaisent. Dans cette acception, l'image ne signifie rien. Un mirage peut prendre force de réalité, l'image devenir vérité. L'image est un leurre mais son pouvoir est infini. Louise reste cette indéfectible romantique pour qui l'image n'est pas le reflet d'une projection narcissique, mais une évasion, une invitation à la réflexion. C'est un dessin d'enfant, c'est un fusain de Léonard de Vinci, c'est cette photographie de Salgado où des milliers d'hommes s'agitent dans la mine d'or de Serra Pelada, c'est ce tableau de Monet représentant un groupe d'individus sur la plage d'Étretat battue par le vent où se brisent les vagues. Mais « son image », jusqu'à maintenant, Louise n'y a jamais songé.

Il y a bien longtemps qu'elle n'a pas passé autant de temps avec sa mère. Elles ne se disent pas grand-chose, Louise n'évoque pas ses problèmes et Anne ne pose aucune question. Le soir, elles ne dînent pas toujours ensemble. Mais Louise apprécie leurs déjeuners. Elles peuvent rester silencieuses de longs moments sans que ce soit pesant. Souvent, elles convoquent le passé et se remémorent des souvenirs lointains. Anne évoque alors les vacances lorsque sa fille était petite, ses premières brasses, ses premières pistes de ski descendues, ses amies d'enfance. Elle lui rappelle d'infimes détails dont Louise ne pensait pas que sa mère se souvienne et qu'elle-même avait oubliés, un chagrin qui semblait inconsolable pour un ours en peluche égaré, un genou ouvert dans une chute de vélo qu'il avait fallu recoudre sans anesthésie et Louise qui avait serré les mâchoires et n'avait pas pleuré, sa fierté lorsque sa maîtresse avait lu une de ses rédactions devant tout le monde à la fête de fin d'année. La mémoire d'Anne est beaucoup plus précise que Louise ne l'imaginait. Parfois, elle parle aussi de son mari. Louise s'était toujours interrogée sur le couple qu'ils avaient formé. Sa mère s'inscrivait dans la bourgeoisie parisienne issue d'une intégration réussie par ses parents, des juifs hongrois cultivés. Son père était fils d'agriculteurs normands. Ces deux-là avaient dû s'aimer follement pour oser pareille mésalliance. Pourtant Louise n'avait jamais surpris entre eux la moindre effusion. À présent, sa mère égraine par petits bouts la délicatesse de Jacques, l'humour de Jacques, la ténacité de Jacques qui avait su faire prospérer son entreprise de menuiserie, l'émerveillement de Jacques à la naissance de leur fille, la force physique de Jacques… Autant d'anecdotes à travers lesquelles Louise découvre une tendresse insoupçonnée. Elle avait toujours considéré la froideur de sa mère sans envisager l'hypothèse de la pudeur. Avec le temps, il est vrai, le caractère parfois s'attendrit. La vieillesse peut ranimer la nostalgie des jours anciens et leur donner un éclairage nouveau. Peu importe. Louise profite de cette douceur.

Le matin, lorsqu'elle se réveille, les lumières de la maison principale sont toujours allumées. Elle prend son petit-déjeuner et aperçoit sa mère, emmitouflée dans sa nouvelle écharpe, qui part vers la forêt la tête haute et à grandes enjambées. À soixante-dix-huit ans, son pas n'a rien perdu de sa vigueur. Louise la regarde se perdre dans la futaie. Anne n'a besoin de personne. Elle habite au milieu de nulle part et ne voit personne. Elle parcourt à pied plusieurs kilomètres par jour, fait du yoga, médite, lit, jardine, s'est mise depuis peu à l'aquarelle, et rien ne semble pouvoir troubler son équilibre. Les vedettes américaines adeptes d'un nouvel art de vivre l'érigeraient en icône. Par comparaison, Louise considère son existence imparfaite, chahutée, pleine de contradictions. Une existence qui lui échappe un peu plus chaque jour, qu'on réécrit désormais pour elle et qui ne ferait rêver personne du côté de Hollywood. Elle passe la matinée à sa table de travail. Elle essaie de rester concentrée et d'oublier l'existence du fameux compte bancaire. À l'heure du déjeuner, elle partage avec sa mère une salade de légumes, une soupe, un bol de riz, puis elle fait une longue promenade avant de replonger dans son manuscrit. Les jours de marché, elle va en ville. Sur la route, elle reconnaît maintenant les fermes, les champs où paissent les vaches, les virages, et le radar planté dans la dernière descente avant les premières maisons. Elle traîne au milieu des étals, fait les courses pour la semaine, commence presque à avoir ses habitudes chez les commerçants. Elle évite la Maison de la Presse. Avant de rentrer, elle prend un café sur la place de l'église. Elle profite du wi-fi pour envoyer de longs mails à Léo en s'interdisant d'ouvrir ceux provenant d'inconnus qu'elle classe directement dans « Indésirables ». Son fils lui manque et elle regrette leurs conversations sur WhatsApp. Mais tant qu'ils s'en tiennent aux échanges écrits, ne pas évoquer son père ou le dénigrement dont elle fait l'objet est plus facile. Elle n'essaie plus de joindre Yana. Juste après son dernier passage à Paris, celle-ci lui a téléphoné pour s'indigner des critiques circulant sur le Web tout en lui expliquant que sa séparation avec Philippe les mettait, Henri et elle, mal à l'aise. Ils avaient l'habitude de se voir à quatre. Trois était le chiffre d'un choix qu'ils se refusaient à faire par fidélité à elle autant qu'à Philippe. Elles pourraient toujours se voir toutes les deux. Depuis, Yana a répondu aux appels de Louise par de courts textos : « Débordée, te rappelle dès que j'ai une minute. » Puis elle n'a plus donné signe de vie. Pendant des années pourtant, elles se sont vues toutes les semaines, partageant les confidences et suivant ensemble le parcours de leurs enfants. L'amitié aussi réserve ses surprises. Ses discussions avec Laurence restent son unique lien avec sa vie parisienne. Avec sa vie d'avant. À part ça, elle est coupée du monde. Elle pourrait s'être retirée dans un monastère, son existence serait à peu près la même.

Le dix-neuf février, elle reçoit un coup de fil de son avocat. Le divorce est enregistré. Elle n'est plus Mme Dumont.

– Vous êtes sûr ?

– Tout à fait.

– Vous avez reçu les papiers ? Il ne peut plus revenir sur la décision ?

– Non. C'est irrévocable. À moins que vous décidiez de vous remarier avec votre ex-mari. Mais je doute que telle soit votre intention.

– Merci, maître, merci beaucoup.

Elle raccroche. « Ex-mari » résonne à son oreille. Vingt-trois ans de mariage viennent de se dissoudre mais elle sourit. Elle savoure sa liberté recouvrée, et plus encore son sentiment d'immunité. Même si leur divorce ne la protège pas de tout, les actes de Philippe l'atteindront moins directement. Elle peut envisager de rentrer à Paris, de construire une nouvelle vie. Elle efface de son smartphone la photo du relevé bancaire de M. Philou comme on se débarrasse d'un objet maléfique, avec effroi et soulagement, puis elle envoie un message à Nathalie pour savoir si son pied-à-terre est disponible.

Elle roule vers Paris pour remettre la première version de son roman à son éditeur. C'est un moment qu'elle aime et qu'elle appréhende. Raphaël la publie depuis quinze ans et ils ont toujours partagé la même impatience, lui de découvrir un nouveau texte, elle d'avoir son avis. Pendant qu'il la lira, elle continuera ses corrections jusqu'à atteindre ce point où elle sera certaine de ne plus pouvoir l'améliorer. Alors seulement, le livre sera achevé. Sur l'autoroute, elle arrive à la hauteur de Versailles et découvre la tour Eiffel brune et floue, dressée dans le ciel pollué qui écrase la capitale, lorsque Raphaël l'appelle. Il a un problème de dernière minute et doit annuler leur déjeuner. Il la recevra à son bureau vers treize heures, entre deux rendez-vous. Ils devaient se retrouver au *Dôme* comme à leur habitude. Louise voulait aborder avec lui le problème des injures sur Internet et discuter de la fin de son roman dont elle n'est plus si sûre.

Elle patiente dans l'entrée de la maison d'édition. Une auteure que Louise avait rencontrée trois ans plus tôt à La Forêt des Livres vient vers elle. Chacune venait faire dans ce salon littéraire en plein air la promotion de son dernier roman. Assises côte à côte, elles avaient passé la matinée à observer la cohorte de femmes qui attendaient dans une interminable file d'attente la dédicace du présentateur télé installé à la table voisine. Sans le moindre regard pour les deux romancières, les groupies du troisième âge avaient formé un barrage humain, empêchant le moindre lecteur d'accéder jusqu'à elles. Plutôt que de s'en agacer, elles avaient choisi d'en plaisanter. Dans l'après-midi, la vedette s'était éclipsée, et Louise et sa consœur avaient commencé à signer leurs premiers livres. Mais très vite, il s'était mis à tomber des cordes. Au bout d'une heure à regarder la pluie former des flaques de plus en plus larges au milieu de la prairie désertée par les visiteurs, pénétrées d'humidité, elles avaient décidé d'aller prendre un verre. Elles en avaient bu plusieurs, suffisamment pour que Louise garde un souvenir joyeux de ce moment. Mais l'écrivaine passe devant elle en la saluant à peine. Il s'écoule encore un quart d'heure avant que déboule l'assistante de Raphaël. Celle-ci explique à Louise qu'il est retenu et ne peut pas la voir mais elle lui remettra le manuscrit. Louise lui confie l'enveloppe et repart dans la rue avec le sentiment d'avoir été dépossédée.

Elle reprend aussitôt la route. Il pleut. Elle n'a rien à faire à Paris. Nulle part où aller. Laurence est à Genève pour un séminaire sur la psychologie des ressources, « Ou comment l'individu ne se réduit pas à son passé », avait-elle précisé dans un sourire que Louise devinait même sans la voir. Elle aurait voulu passer la soirée avec Laurence, discuter de ce dont elle n'a parlé à personne d'autre. Elle a besoin de son sourire, de sa chaleur. Au fil des kilomètres, le malaise grandit. La voilà séparée de son mari, ex-mari doit-elle s'habituer à penser. Mais ça ne suffit pas à l'apaiser. Les regards qui se dérobent sur son passage, celui de l'auteur-scénariste l'autre soir au cinéma, celui de la romancière tout à l'heure, l'éloignement de Yana, Nathalie qui n'a pas répondu à son message pour le studio ou le rendez-vous manqué avec

Raphaël, tout provoque en elle un sentiment diffus et poisseux de culpabilité, alors même qu'elle n'a commis aucun méfait. Elle tente de se convaincre qu'il s'agit d'un simple concours de circonstances, mais la nausée s'intensifie. Elle ouvre grand sa vitre. L'air humide et glacé s'engouffre dans la voiture. Elle respire profondément. Ça ne passe pas. Frigorifiée, elle remonte la fenêtre et met le chauffage à fond. Arrivée à la hauteur de Verneuil, elle donne un coup de volant, quitte la nationale et bifurque en direction du centre-ville. Elle se gare sur le parking de la mairie. Elle ferme les yeux, prend plusieurs inspirations, puis elle attrape son portable et tape son nom. Elle tombe sur les blogs habituels. En basculant sur Philippe Dumont, elle découvre cette information :

M. Perdouillet et le groupe Haleban, les deux principaux candidats au rachat de Pressinvest évincés au profit de M. Bergot, portent conjointement plainte contre M. Grêne, propriétaire du groupe de presse depuis 2003, pour délit de favoritisme. Celui-ci a en effet retenu l'offre de l'homme d'affaires pourtant nettement inférieure à celles des plaignants. Ceux-ci s'interrogent sur les motivations de ce choix. Ils s'interrogent également sur le rôle qu'aurait pu jouer dans cette transaction de M. Philippe Dumont, secrétaire d'État en charge du Numérique connu pour sa proximité avec M. Bergot mais aussi avec M. Grêne.

La défense de M. Grêne réfute tout favoritisme et avance que M. Bergot offrait de meilleures garanties que ses concurrents. Quant à M. Dumont, il dément catégoriquement être intervenu de quelque façon dans le rachat de Pressinvest.

La justice ouvre une enquête préliminaire en vue de caractériser une infraction pénale susceptible d'entraîner des poursuites auprès de la Haute Autorité de la concurrence.

Louise grelotte. Mais c'est un froid intérieur qui s'est emparé d'elle. Laurence appelle tard le soir en rentrant de Genève. Elle a vu la mise en cause de Philippe et propose de venir la rejoindre. Mais Louise préfère rester seule. Elle veut modifier la fin de son texte, la teinter d'une noirceur nouvelle. À cet instant, la présence discrète d'Anne est la seule qu'elle supporte. Sa mère ne lui parle que d'un lièvre aperçu dans les hautes herbes, de quelques narcisses découverts au pied d'un arbre, du retour des premiers étourneaux sansonnets. Elle raconte le nuage composé de milliers d'oiseaux ondoyant dans le ciel qu'elle a vu se déployer comme une œuvre d'art éphémère composée de pixels mouvants.

Les jours suivants se succèdent dans une sorte de brouillard. Louise s'astreint à une discipline obstinée, mais elle est en apnée. Le poids sur sa poitrine ne la quitte plus. Le doute n'est plus possible, l'explosion aura bien lieu. C'est juste une affaire de temps.

« Bonjour. Marc Raffut du *Trombone à papier*. Pourrions-nous nous parler. Rappelez-moi. Bonne journée. » Louise trouve ce message sur sa boîte vocale à son réveil. Elle ne connaît pas ce journaliste et n'a jamais été en relation avec l'hebdomadaire. Le surlendemain, il revient à la charge. « Marc Raffut. Nous enquêtons sur la vente de Pressinvest. Nous aimerions avoir votre point de vue. Rappelez-moi. » Il ne va pas la lâcher. Louise décide finalement de lui parler. Peut-être est-ce le moyen de rétablir la vérité et de faire cesser cette cabale absurde.

– Louise Voileret. Vous avez cherché à me joindre.

– Oui. Pourrions-nous nous rencontrer ?

– Je ne suis pas à Paris. Mais je vous écoute.

– OK. Concernant la vente de Pressinvest, que pouvez-vous me dire ?

– Vous êtes direct, je le serai tout autant. Tout ce que je sais sur le sujet, je l'ai appris par la presse.

– Vous connaissez M. Bergot depuis des années et vous êtes l'épouse de M. Dumont. Vous n'ignorez pas les rumeurs qui vous prêtent un rôle d'intermédiaire dans la transaction ?

– Avec de l'imagination, on peut déduire tout et son

contraire. Mais je ne veux pas vous faire perdre votre temps. Je n'ai rien à voir avec Pressinvest. Ça vaut pour hier, pour aujourd'hui et pour demain. Ce qui circule sur ma prétendue intervention ou sur mes motivations n'est qu'absurdité. J'ai publié douze romans sans l'appui de personne. Ça n'est pas près de changer.

– Le *Journal littéraire* qui appartient à Pressinvest vous a consacré un long article lors de la sortie de votre dernier roman.

– En effet, le coupe Louise. Et vous remarquerez que M. Bergot n'en était pas encore propriétaire.

– Mais si un lien était établi entre vous et le rachat du groupe de presse, la publication d'un nouvel article tel que celui-là poserait alors la question d'une possible collusion.

– Le problème, c'est ce procès d'intention que vous ou vos collègues me faites déjà. Pour qu'il y ait collusion, il faudrait que mes relations avec M. Bergot soient d'une nature qui ferait obligation aux journalistes de me réserver un traitement de faveur. Ce qui n'est pas le cas.

– Je crois que vous êtes aujourd'hui divorcée de Philippe Dumont. Votre séparation a-t-elle un rapport avec cette affaire ?

– Je pensais cet intérêt pour la vie privée réservé à un autre type de presse que celle pour laquelle vous travaillez.

– Ce qui nous intéresse, c'est le rôle que votre mari a pu jouer.

– Alors, c'est mon ex-mari qu'il faut interroger. Pour ma part, je vous ai dit tout ce que je savais.

– Nous avons cherché à le contacter, sans succès. Mais nous avons eu son assistante. D'après elle, vous interférez volontiers dans les décisions prises par M. Dumont et vous avez sur lui une grande influence.

– Vous parlez de Mathilde Perrier, n'est-ce pas ?

Le journaliste reste silencieux. Est-il au courant de la liaison de Philippe, ou vient-il de comprendre ? Mais il ne répond rien et arrête là les questions.

– Merci du temps que vous m'avez accordé.

Louise raccroche et appelle aussitôt Philippe. Elle tombe sur sa boîte vocale et laisse un message furieux pour lui dire ce qu'elle pense des déclarations de sa maîtresse. Message auquel il ne répondra pas.

Deux jours plus tard, son éditeur téléphone. Raphaël se confond en excuses pour n'avoir pas pu la recevoir. Il est en pleine lecture du manuscrit et le terminera ce week-end. Louise lui explique qu'elle modifie les trente dernières pages. Raphaël propose de fixer un déjeuner pour en discuter. À part ça, demande-t-il, comment va-t-elle ? Bien, répond-elle sans évoquer ses ennuis. Elle préfère attendre de le voir pour lui parler. Puis elle appelle Laurence pour lui demander de surveiller les publications du *Trombone à papier*. Elle n'en a pas le courage.

– François part à Londres enregistrer la musique de son film. Viens à Paris vendredi. On aura du temps pour parler et on ira se balader. Ça te changera les idées. Tu as vu Mirō au Grand Palais ?

– Non.

– On ira aussi voir l'exposition Fernand Khnopff.

– Fernand qui ?

– Un symboliste belge que je ne connais pas, mais rien que son nom d'éternuement m'amuse.

– Je ne suis pas sûre d'avoir envie de traîner à Paris.

– Tu as mieux à faire que de voir ta copine ? Et tu ne vas pas rester dans le Perche indéfiniment. Je t'attends vendredi.

Louise a rejoint l'autoroute. Dans le sens opposé, les phares des voitures quittant la capitale pour le week-end l'éblouissent. Elle se concentre pour doubler une file d'autocars. Il est dix-neuf heures. La radio est allumée. Le journaliste égraine les titres du soir.

Emmanuel Macron défend la force du modèle français au Salon de l'agriculture où il a passé la journée. Dans un long discours, il a plaidé pour une PAC réinventée et a revendiqué la souveraineté alimentaire, environnementale et industrielle du continent européen. Pour l'acte 15 des Gilets jaunes, et après l'acte 14 en marge duquel Alain Finkielkraut a été violemment insulté, on attend demain une forte mobilisation à Paris et dans différentes villes de province. Après le dépôt de plainte contre M. Grêne pour favoritisme dans la vente du groupe Pressinvest, le site Agorinfo a révélé ce matin que le secrétaire d'État Philippe Dumont aurait touché des pots-de-

vin à l'occasion de la vente du groupe de presse. M. Dumont réfute ces accusations et porte plainte pour diffamation. Trois morts dans une avalanche dans les Alpes. Les skieurs évoluaient en secteur hors piste. Arrivée de la tempête tropicale Xénia sur la Guadeloupe, on attend des vents qui pourraient aller jusqu'à deux cent vingt kilomètres-heure.

Louise a les yeux rivés sur la route, les mains accrochées au volant comme si elles ne devaient plus jamais le lâcher. Le fil vient d'être attrapé, il sera maintenant tiré jusqu'au bout. Depuis ce jour de janvier où elle a découvert l'existence du compte à Trinité-et-Tobago, elle a eu le temps d'imaginer la suite. Elle va être aspirée dans la tourmente. Le dénigrement qu'elle a subi jusque-là n'est rien comparé à ce qui l'attend. Elle va devoir affronter le lynchage médiatique. Elle va devoir se justifier devant les juges sans doute. Devant l'opinion publique, assurément. Mais comment se défendre face à la mécanique infernale des réseaux sociaux ? L'anonymat autorise la diffamation et la haine en toute impunité, elle a pu en juger. L'anonymat s'est immiscé au cœur de la liberté d'expression comme un poison et Louise n'a pas trouvé l'antidote. Philippe va tomber, sa chute entraînera la sienne et Léo ne sera pas épargné... ne pas y penser, il est à des milliers de kilomètres... il faut arriver jusqu'à Laurence... respirer... rester concentrée sur sa conduite… ne pas percuter la voiture devant la sienne qui freine dans l'accordéon des ralentissements… ne pas penser… essayer de ne pas penser, mais les idées s'entrechoquent à la vitesse de la lumière, créant dans son esprit un magma prêt à exploser… prendre le périphérique… ne pas rater la sortie porte des Ternes… remonter l'avenue… tourner à gauche… puis à droite… se garer… n'importe où… composer le code de l'immeuble… et retrouver Laurence.

– Entre. Ça n'a pas l'air d'aller…

Louise se tient sur le pas de la porte. Laurence l'attrape par la main et l'entraîne à l'intérieur.

– Enlève ton manteau. Assieds-toi.

Laurence disparaît à la cuisine et revient avec un verre d'eau. Plantée au milieu du salon, Louise n'a pas bougé.

– On y est.

– Oui, j'ai entendu la radio. Mais Philippe, c'est Philippe, toi c'est toi. Vous avez divorcé, ça, c'est la bonne nouvelle. Le cordon est coupé.

– Nous étions mariés au moment où il a touché ces dessous-de-table. On va m'accuser de complicité de corruption, d'avoir profité de cet argent, de l'avoir couvert par mon silence. Mais je n'allais tout de même pas dénoncer le père de mon fils ! L'idée de délation me révulse autant que sa malhonnêteté. Dans le meilleur des cas, on me reprochera d'avoir partagé la vie d'un homme immoral, ce qui par porosité fait de moi une femme immorale.

– Mais il n'y a aucune complicité.

– Comment je le prouve ?

– Comment on prouve ta prétendue complicité ? Tu as des nouvelles de Philippe ?

– Aucune.

– J'appelle mon neveu. Adrien est un jeune avocat très malin. Il pourra t'aider et te conseiller. Et si jamais tu as besoin d'une défense, ce qui m'étonnerait, il vaut mieux un petit nouveau qui n'a encore participé à aucun grand show médiatico-judiciaire. Laisse les vedettes du barreau à ceux qui ont des choses à se reprocher.

Laurence fait couler un bain dans lequel Louise s'enfonce avec le désir que le temps se suspende ici, à cet instant où l'eau chaude saisit son corps. Elle y reste peut-être cinq minutes, ou peut-être quarante, elle n'en a aucune idée. Puis elles s'installent sous la couette et regardent *Manhattan* comme lorsqu'elles partageaient un petit appartement place de Clichy. Elles connaissent le film par cœur, elles l'ont vu des dizaines de fois. Mais c'était il y a longtemps. Puis Louise tombe dans un sommeil peuplé de cauchemars.

Le lendemain, elles retrouvent Adrien dans un restaurant du quai des Orfèvres. Avec son air d'adolescent malicieux, le jeune avocat plaît d'emblée à Louise. Il l'écoute exposer la situation en dévorant ses huîtres.

– Vous serez sans doute convoquée par la justice. Pour l'instant, vous restez tranquille. Votre téléphone risque d'être mis sur écoute si ce n'est déjà fait, et vous pouvez recevoir une visite matinale à votre appartement. Mais si j'ai bien compris, vous n'y êtes plus ?

– Non, mais c'est toujours mon domicile officiel.

– Bonjour, Louise.

Une main ferme se pose sur son épaule. Louise se retourne. Maître Paul Perrier se tient près d'elle. Il semble occuper tout l'espace.

– Vous avez l'air en forme, je m'en réjouis. Je n'en dirai pas autant de votre mari que j'ai aperçu l'autre jour. Il avait une petite mine. Il traverse un moment compliqué, on dirait.

– Je ne sais pas. Je ne l'ai pas vu depuis un moment.

– Ah bon ! Tout le monde se sépare alors, lâche-t-il avec un éclair dans le regard qui pourrait passer pour de la connivence. J'ai été ravi. À bientôt, Louise.

Il s'éloigne. Adrien l'a reconnu.

– Perrier défend votre mari ?

– Ça m'étonnerait.

– Bon. Vous restez discrète, vous ne parlez de rien à personne. Si vous recevez une convocation, vous me prévenez et on avisera. Mais ça devrait bien se passer.

– Adrien, je compte sur toi pour traiter le problème de Louise comme l'affaire de ta vie.

– J'espère que nous n'en sommes pas là ! réplique Louise.

– Sincèrement, votre mari va avoir besoin d'une sacrée défense. Toutes ces histoires de corruption au sein du pouvoir, ça ne passe plus. Les juges ne feront preuve d'aucune clémence. Mais en ce qui vous concerne, d'après ce que vous me dites, pénalement il n'y a rien.

Adrien semble à peine plus âgé que Léo. Mais son assurance et sa fraîcheur apaisent les inquiétudes de Louise le temps du déjeuner.

Elles filent ensuite au Petit Palais. Au milieu des tableaux du symboliste belge, Laurence salue une connaissance.

– Christian ! Comment vas-tu ?

– Très bien. Ça fait longtemps que je ne t'ai pas vue. Énigmatique, ce Khnopff, non ?

– On arrive juste. Tu connais mon amie Louise Voileret ?

– Madame Dumont, c'est bien ça ?

– Louise Voileret ! rétorque Louise, en se crispant aussitôt.

L'homme a un mouvement de sourcils méprisant.

– À un de ces jours, Laurence.

Il tourne les talons.

– Tu vois l'effet que je fais !

– On s'en moque, c'est un imbécile. Moi, j'ai trouvé Perrier et Adrien très aimables.

– C'est normal. Ils côtoient chaque jour des criminels. Avant que je les effarouche avec mes petites histoires…

Louise passe d'une œuvre à l'autre, d'abord sans rien voir. Puis peu à peu l'atmosphère hypnotique des toiles la happe. Ces visages inertes et mélancoliques qui ne sont que des variantes d'une seule femme, ces regards de face qui pourtant ne regardent rien, délavés comme l'eau devenue glace, ces lèvres toujours scellées comme retenant un mystère indicible… tout évoque le silence. Cette présence absente se retrouve dans les paysages de campagne privée de soleil ou de Bruges figée dans un éternel hiver. Cette douceur hermétique aspire Louise. À travers l'univers du peintre, elle reconnaît le sentiment de détachement, de repli et de froid qui l'engloutit au fil des jours. S'abandonner à cette langueur est une tentation. Laisser la vie et les tumultes glisser sur elle jusqu'à ce que tout s'estompe.

Le lendemain, elle se réveille et entend Laurence s'affairer dans l'appartement. Elle reste quelques instants au lit pour étirer le temps. Puis Laurence passe la tête.

– La nuit a été bonne ?

– Je n'ai pas dormi comme ça depuis des lustres.

– Je vois ça. Il est une heure de l'après-midi.

– Non !

– J'allais te réveiller. Je t'ai fait un café.

Louise se lève d'un bond.

– Ça commence à s'agiter. Quelques journalistes et hommes politiques réclament à Agorinfo des preuves quant à leurs accusations concernant Philippe. Le site s'est retranché derrière la protection des sources et promet de nouvelles révélations.

– Je dois parler à Léo.

– Qu'est-ce qu'il sait exactement ?

– À ma connaissance, juste les amabilités sur mon compte.

– C'est un garçon solide, ne t'inquiète pas. Et il est à l'autre bout du monde.

– Bien sûr, je m'inquiète. Les informations arrivent jusqu'à Sydney.

Louise appelle son fils. À l'autre bout du fil, la voix de Léo abolit la distance. Louise perçoit aussitôt un brouhaha autour de lui.

– Bonjour, maman. Tu m'entends ? Je suis au restaurant avec des copains.

– Tu veux qu'on se rappelle après ton dîner ?

– Non. On fête l'anniversaire d'une amie. Comment ça va en France ?

– Ton père est soupçonné d'avoir touché des pots-de-vin. C'est sorti hier et ça risque de secouer un peu. Je voulais que tu sois au courant.

– Attends, je sors… Ne quitte pas… Voilà, je suis au calme. C'est sérieux ?

– Je suppose.

– Qu'est-ce qu'ils disent exactement ?

– Pour l'instant, juste ça, mais ça ne s'arrêtera pas là.

Léo reste silencieux. Louise entend la sirène d'une voiture de police s'approcher puis s'éloigner.

– Votre divorce a un rapport avec ça ?

– Tu as eu ton père récemment ?

À partir de maintenant, Louise doit surveiller chaque mot, ne rien dire à personne, même à son fils, et surtout pas au téléphone.

– On s'est envoyé un mail il y a quelques jours, mais il ne m'a rien dit. Je vais rentrer.

– Sûrement pas ! Et ne te fais pas trop de souci, ton père a le cuir dur.

– Mais je ne veux pas te laisser seule.

– Ça va, je te promets.

– Tu habites toujours chez Anne ?

– Je suis de passage chez Laurence mais je retourne chez ta grand-mère demain. Bon, va rejoindre tes amis. On se reparle très vite.

Elle raccroche, la gorge nouée. Dix-sept mille kilomètres et dix heures de décalage horaire la séparent de Léo. Il lui manque tellement. Mais s'il pouvait être sur la Lune, elle préférerait. Son père a encore quelques soutiens au gouvernement mais il va perdre son poste, son statut social, son honneur, c'est une question de jours, de semaines, avec au bout une possible peine de prison. Face à cette situation, Louise se sait impuissante.

Laurence l'emmène déjeuner en terrasse et essaie d'être légère pour deux. Il fait anormalement beau et chaud pour un mois de février. Mais Louise a perdu le fil des saisons. Après avoir vu l'exposition Mirō, elles regardent les annonces immobilières sur l'ordinateur. Elles sélectionnent trois appartements. Puis Louise appelle Nathalie.

– Louise, je pensais à toi justement. Ces accusations contre Philippe, quelle honte ! Je viens de lui envoyer un message pour lui dire mon soutien. Décidément, ils ne le lâcheront pas. Après les accusations de pédophilie, ils ne savent plus quoi inventer.

– Ta proposition pour le pied-à-terre tient toujours ? Ce serait juste pour quelques jours, le temps de trouver où m'installer.

– Oui. Mon locataire s'en va bientôt. Mais il y a eu un dégât des eaux. Je dois d'abord faire des travaux. Les Perrier divorcent, tu es au courant ?

– …

– Vos deux divorces simultanés, on considère ça comme une coïncidence ?

– Je m'en moque.

– Il se murmure que Paul n'a pas apprécié la proximité entre Mathilde et ton ex-mari et qu'il s'emploie discrètement mais fermement à les démolir l'un et l'autre. Avec son réseau, ses liens avec les journalistes et les juges, il fera tout pour que cette affaire de pots-de-vin prospère. Ça risque d'être sanglant. Il vaut mieux que tu le saches. Pour le studio, il se libérera d'ici quelques semaines. Je te préviendrai dès que la date se précisera.

Après cette conversation, Louise et Laurence conviennent qu'il n'y a rien à espérer de Nathalie.

Le lendemain, Louise visite les trois appartements sélectionnés sur le site. Le premier se trouve au-dessus d'un bar ouvert tous les soirs jusqu'à deux heures du matin. Le deuxième donne sur un mur aveugle. Le troisième est déjà loué lorsque Louise se présente devant l'immeuble.

Elle retrouve la Normandie à temps pour dîner avec Anne. Comme elle lui dirait « il fait froid aujourd'hui », elle lui annonce son divorce. Elle ne l'a pas fait plus tôt car Philippe n'a jamais été entre elles un sujet de conversation. À présent, c'est une précaution pour amortir le moment où sa mère découvrira l'actualité. Celle-ci se contente d'un « Ah, très bien ». Puis elles parlent d'autre chose.

Louise se glisse au lit avec *Sérotonine*. Elle relit deux fois cette phrase : « De cette période à Clécy il ne me reste que deux photographies, nous avions trop à vivre j'imagine pour perdre du temps en selfies, mais peut-être aussi cette pratique était-elle moins répandue à l'époque, le développement des réseaux sociaux n'était encore qu'embryonnaire, si même ils existaient ; oui, sans doute, à l'époque, les gens vivaient davantage. »

Louise n'a pas tout à fait l'âge de Houellebecq mais ils appartiennent à cette génération qui aura connu deux mondes. Celui d'avant les smartphones et les réseaux sociaux que les plus jeunes n'imaginent pas. Et celui où tout est connecté, fonctionnel, distractif, traçable. Elle se garde de penser que tout était mieux avant. Il lui arrive pourtant de regretter le temps d'une certaine lenteur et de l'ennui qui n'en était pas. Le temps des films argentiques, lorsqu'on devait attendre plusieurs jours après la prise de vue pour savoir ce qui resterait d'un instant appartenant déjà au passé. Ce temps où, entre deux rendez-vous, l'autre vous échappait toujours un peu mais où l'on acceptait ce mystère. Où la liberté de chacun n'avait pas à se justifier. Ce temps où l'on pouvait rêver. Où l'on pouvait disparaître sans laisser de traces, une heure, une semaine, davantage. Louise a toujours aimé cette idée. Se perdre ailleurs. Il lui arrive encore d'y croire, à chaque fois qu'elle monte dans un avion. Au moment de la poussée des réacteurs, de l'élan sans possibilité de retour, du décollage puis de l'envol, il lui semble qu'elle partage la puissance du monstre d'acier, qu'elle aussi défie les lois de la pesanteur.

Elle s'endort en pensant que quelque chose s'est perdu en route, que l'époque de leur jeunesse était plus poétique et plus subversive.

À son réveil, elle entend arriver la voiture de sa mère. Quelques minutes plus tard, Anne tape à la porte.

– Bonjour, Louise. Je viens d'entendre à la radio les accusations contre Philippe. Ça t'implique d'une quelconque façon ?

– Judiciairement parlant, non... enfin, je ne crois pas. En revanche, pour l'opinion publique, ça ne fait aucun doute. Qui se ressemble s'assemble.

– Prends ton petit-déjeuner. Après on ira se promener. Je te montrerai le plus vieux chêne de la forêt.

Les jours rallongent. La lumière est plus franche. Déjà les premières jonquilles sortent de terre. Elles marchent longtemps, se faufilent entre les arbres en évitant les racines saillantes. Sa mère semble connaître chaque clairière, chaque fossé. Puis elles arrivent devant le fameux chêne. Elles lèvent la tête et admirent ses quarante-deux mètres tendus vers le ciel.

– Il a trois cent cinquante-trois ans. Pas mal, non ? Face à lui, je me sens toute petite par la taille et mieux encore, en âge, sourit Anne. On l'appelle le Chêne de l'École.

– Tu es en train de me dire qu'il faut relativiser, que nos petits tracas ne valent rien face à l'univers ? ironise Louise.

– Sûrement pas. Tu ne me crois pas capable de ce genre de philosophie de comptoir ? Et je ne suis pas inquiète pour toi. Je suis certaine que tu n'as rien à voir avec les dérapages de Philippe. Écoute... Tu entends les oiseaux ? Il y a dix jours, les rouges-gorges et les mésanges ne chantaient pas avec autant d'entrain. Le printemps n'est plus très loin.

Louise découvre alors un chevreuil à cinq mètres. Elle se fige. Lui aussi. Longuement ils s'observent. L'animal est si près qu'elle distingue l'éclat du jour dans ses yeux bruns et les poils duveteux de ses oreilles soumises à un frémissement témoignant de sa vigilance. Quelques pas plus loin, Anne aussi s'est immobilisée. Les bois du brocard sont encore modestes, son pelage gris-brun est tacheté de blanc sur la poitrine, et son regard fixé sur Louise. Puis le visiteur se détourne tranquillement et s'enfonce dans la forêt guidé par l'odeur de quelques bourgeons, de quelques feuilles tendres. Louise aimerait le suivre dans l'épaisseur des sous-bois. Elle se rappelle avoir ressenti la même impression d'être reliée à un vaste tout. Elle avait vingt-quatre ans et longeait avec Julien les côtes corses sur un bateau à moteur. Un groupe de dauphins surgissant des flots avait fondu vers l'étrave de l'embarcation pour faire la course. Louise s'était couchée à plat ventre à l'avant, le visage éclaboussé d'écume, hypnotisée par leurs ondulations. Calant leur vitesse sur celle du bateau, frôlant la coque sans jamais se laisser percuter, les cétacés avaient fendu la mer, sauté, roulé sur le flanc pour la fixer. Elle avait eu envie de plonger avec eux, de caresser leur peau lisse aux reflets d'acier, d'attraper un aileron et de se laisser emporter. Les dauphins avaient joué ainsi de longues minutes puis, dans un mouvement soudain et coordonné, ils s'étaient écartés et avaient disparu dans les profondeurs marines. Louise se souvient encore de leurs sourires ou plus exactement l'impression de sourire qui reflétait si bien cette période heureuse de sa vie.

Elle repart et suit Anne sur le chemin du retour. Aucune ne prononce un mot jusqu'à la propriété.

Dans l'après-midi, elle reçoit un appel de Raphaël.

– Bonjour, Louise. J'ai terminé ton manuscrit. Tu m'as dit que tu changeais la fin mais ça me plaît comme ça. Tu m'expliqueras l'orientation que tu veux donner. On en discutera. Mais d'abord, parlons du sujet délicat. Tu as vu les rumeurs qui circulent sur Internet ?

– Oui. Ça fait un moment.

– Moi, je viens de l'apprendre. Il n'y a rien de diffamatoire à proprement parler, donc on ne peut pas attaquer. Mais avec les accusations portées contre ton mari, ça va empirer.

– Nous ne sommes plus ensemble. J'ai divorcé.

– Je l'ignorais. Pourquoi tu ne m'as rien dit ?

– Je voulais t'en parler de vive voix.

– J'ai eu des semaines chargées mais ça y est, je souffle enfin. Je suis désolé de t'avoir négligée. En tout cas, prends le temps nécessaire pour terminer ton roman. Laisse passer la vague, à moins que tu décides de faire une grande tournée médiatique. Tant que Philippe sera dans l'œil du cyclone, les journalistes se rueront sur toi. Tu auras une couverture médiatique comme jamais. Mais ils te parleront de tout sauf de ton travail et ça ne sera pas agréable. Toi qui aimes la discrétion, pas sûr que tu apprécies ce mélange des genres.

– C'est une façon de me dire que tu ne publieras pas le livre ?

– Non. Je te dis juste de prendre ton temps.

– Va au bout de ta pensée.

– On va évidemment sortir ton roman, Louise. J'aime ce texte et cette plongée dans les années 1980. Je dis juste que ce serait dommage de le sacrifier en le sortant au mauvais moment. Pour Internet, j'ai quand même fait partir un contre-feu en postant des extraits de critiques de tes différents romans.

– Merci.

– Après tout, je dois aussi défendre ma réputation d'éditeur ! dit-il sur un ton qui se veut léger. Bon, n'en espère pas non plus des miracles. Quand est-ce qu'on peut déjeuner ?

– Je ne suis pas à Paris ces jours-ci, mais je te fais signe dès que je reviens.

La bombe d'Agorinfo explose le lendemain. Le site publie un article affirmant que Philippe Dumont détient un compte non déclaré à Trinité-et-Tobago sur lequel Pierre Bergot aurait versé trois cent mille dollars en échange de l'intervention du secrétaire d'État dans le rachat de Pressinvest. Louise ne peut s'empêcher de saluer la précision de ces informations. Son téléphone semble pris de convulsions. Elle voit apparaître des numéros masqués, des noms inconnus et connus parmi lesquels celui de Nathalie qui lui écrit : « Profite de l'air normand, finalement très salutaire ! » Elle ne répond qu'à l'appel de Léo.

– Je viens de voir Agorinfo. Ils ont des preuves ?

– Je n'en sais rien, mais j'imagine qu'ils ont quelque chose de sérieux.

– Qu'est-ce que papa en dit ?

– À part son démenti par voie de presse, je n'en ai aucune idée. Nous ne nous sommes pas parlé depuis des semaines. Tu l'as sûrement eu plus récemment.

– En fait, non. Je lui ai laissé des messages mais il n'a pas répondu.

– Tu te rappelles qu'il aimait répéter : « Ce à quoi je ne pense pas n'existe pas » ?

– Pas très malin !

– En effet.

– Je vais rentrer.

– Surtout pas. Profite de l'Australie. Tu ne peux rien pour ton père à part lui dire que tu penses à lui et que tu l'aimes. Pour le reste, c'est avec son avocat qu'il gérera le problème.

– Je m'inquiète de te savoir seule. J'ai vu les conversations sur les réseaux.

– C'est moins grave qu'un cancer. Et ils finiront bien par passer à autre chose.

– Préviens-moi si tu as besoin d'un fils aimant à tes côtés.

D'une certaine façon, Louise est soulagée. Le mouvement vaut mieux que l'attente. Elle n'en peut plus de vivre dans la crainte du tsunami prêt à s'abattre sur Philippe et, par ricochet, sur leur fils et elle, même si pour sa part les coups ont déjà commencé à pleuvoir. Coups que Philippe l'a laissée prendre sans rien tenter pour l'en protéger, par indifférence ou désir de vengeance, l'un ne valant pas mieux que l'autre.

Léo semble avoir été épargné jusqu'à maintenant par les dommages collatéraux, mais à présent tout va s'accélérer. Il va assister à la chute de ce père dont il respecte la fonction même si le pouvoir ne l'impressionne pas. Tout jeune, il avait croisé Nicolas Sarkozy, puis François Hollande. Il les avait salués comme il salue le boulanger ou le pédiatre qui l'a vu naître, avec naturel. À Hollande qui l'avait interrogé sur ce qu'il comptait faire plus tard, Léo avait répondu ne pas savoir, il n'avait que quinze ans. Hollande avait demandé s'il envisageait une carrière politique. Léo avait répondu qu'il aspirait à une vie plus discrète, ce qui paraissait ici impossible, « Vous en savez quelque chose, monsieur le Président », avait-il ajouté, parfaitement conscient de la résonance que ses propos pouvaient avoir, mais sans insolence. Son interlocuteur avait souri. Philippe, que les ors de la République émouvaient davantage, était intervenu pour écourter l'échange en bredouillant quelques mots au Président, lequel l'avait interrompu : « Votre fils est très sympathique. »

Le jour de sa nomination, deux ans plus tôt, le nouveau secrétaire d'État était rentré chez lui en exultant : « Ça y est ! » Son fils l'avait félicité, tout en lui faisant remarquer que ce n'était pas un aboutissement mais le début d'une action possible. Aujourd'hui, ce sont ces deux hommes qui vont confronter la réalité et leur vision du monde. Et Louise se sent honteuse de n'avoir pas su mettre son fils à l'abri du désastre annoncé. Honteuse qu'il se découvre un père corrompu et une mère aveugle. Bien sûr, Philippe a dérapé seul, grisé par son ascension. La faute n'appartient qu'à lui. Pourtant, rien n'est si simple, et Louise assume sa propre défaillance. Léo mêlé à ces histoires de malversations au moment où il s'engage dans sa vie d'adulte, l'idée lui est insoutenable. Elle la supporte d'autant moins qu'elle-même est éprouvée par des semaines de lynchage médiatique. Aujourd'hui, elle se retrouve dans un avion en flammes. Elle n'a aucune envie de sauter dans le vide. C'est cependant la seule issue. Elle doit sortir de son mutisme et s'exprimer. Non pas dans un roman politique comme Stéphane Thinet le lui avait proposé l'autre soir chez Nathalie, mais dans une interview. Elle doit descendre dans l'arène et affronter la bête, livrer sa version des faits et parler de cette société moderne qui persiste à confondre les femmes avec les hommes qui les entourent, sans considérer leur propre existence. Pour ça, elle devra bien se préparer. Elle n'aura pas droit à l'erreur. En attendant, elle va prendre sa respiration, avancer jour après jour, rester souple sur ses jambes, ne pas se laisser tétaniser par l'angoisse, se convaincre qu'il s'agit juste d'un sale moment à passer, laisser les éclaboussures glisser, écrire, du moins essayer car elle y parvient de moins en moins, dormir, regarder danser Fred Astaire et croire à l'apesanteur, écouter Ella Fitzgerald et Louis Armstrong chanter *Let's Call The Whole Thing Off* pour retrouver l'envie de sourire et, surtout, ne pas douter de la force de Léo.

Deux jours plus tard, Laurence appelle pour l'avertir de la diffusion virale d'une photo sur les réseaux sociaux. Ça ne va pas lui plaire, la prévient-elle, mais elle doit regarder. Louise saute dans sa voiture pour aller jusqu'au village. Elle va sur Internet et se découvre sortant de l'eau en maillot de bain, blafarde et grimaçante sous un soleil vertical, les cheveux dégoulinants collés au visage telle une méduse échouée sur sa tête. Philippe se tient trois pas derrière elle. Elle reconnaît la plage de Saint-Martin où ils ont passé leurs dernières vacances. La photo a été prise à leur insu, sans doute par un touriste trop heureux de montrer à ses amis qu'il séjournait dans le même hôtel qu'un secrétaire d'État. Quelques mots l'accompagnent : *M. et Mme Dumont profitent du paradis… fiscal !* Son portable sonne, c'est à nouveau Laurence.

– Tu as vu ?

– Oui.

– Maintenant, tu montes sur le ring, Louise. Tu donnes une interview à un grand journal féminin pour mettre les femmes de ton côté. Ça sera toujours un début. Tu soutiens que tu n'as rien à voir avec les activités de Philippe, légales ou illégales. Tu rappelles que tu es romancière, que tu écris depuis trente ans et que tu n'as jamais rien demandé à personne.

– C'est tellement dégradant de se retrouver exposée comme ça.

– Tu es drôlement bien foutue tout de même !

– Arrête.

– Un peu pâlichonne, c'est vrai. Dommage que la photo n'ait pas été prise à la fin des vacances. Plus sérieusement, tu dois t'exprimer. Dans *Elle*, ce serait parfait. Tu n'éludes rien. Tu réponds à toutes les questions. Tu vas devoir te faire violence, mais ce n'est plus le sujet. Je quitte mon mari parce qu'il fait n'importe quoi et je paye l'addition, c'est non ! Tu ne prends pas la double peine. Tu tapes un bon coup. Tant pis pour les dommages collatéraux. Philippe ne s'est pas embarrassé avec ce genre de considérations, lui.

– Tu m'envoies à la guerre.

– Tu vois autre chose ?

– Non.

– Et tu rentres à Paris pour suivre ce qui se passe. Tu ne peux plus rester planquée au fond des bois. Pour

Le Trombone à papier, j'ai vérifié, ils n'ont toujours rien sorti.

Louise arrive rue Lamarck trois jours plus tard. Elle connaît mal ce quartier au pied de la butte Montmartre, et l'idée de n'avoir aucun repère lui convient. Elle découvre le deux-pièces meublé, au dernier étage et dominant les toits de Paris, trouvé sur le site *Particulier à Particulier*. Quarante-sept mètres carrés lumineux, un canapé, une table, un coin cuisine, une chambre à peine plus grande que le lit, une douche. Parfait le temps de trouver le bon appartement.

Le soir même, Laurence passe la chercher. Elle admire la vue sur la ville et se réjouit du retour de son amie. Louise n'a aucune envie de l'accompagner à ce dîner, mais Laurence ne lui laisse pas le choix. Après deux mois d'absence, il est temps pour elle de renouer avec la vie parisienne.

C'est sa première sortie depuis le début de l'affaire Pressinvest et Louise a le ventre noué comme si elle allait passer un examen. À peine arrivée, elle saisit l'idée générale. Les convives s'adressent à Laurence comme si elle, se tenant à ses côtés, n'existait pas. Une bougie parfumée de la meilleure marque se consume sur la cheminée, des tapis épais recouvrent le parquet, le mobilier est cossu, des œuvres d'art contemporain sont accrochées aux murs, un bouquet de pivoines trône au centre de la table basse entourée de plusieurs canapés. Louise a une sensation de déjà-vu. Pourtant, elle n'est jamais venue ici. Elle réalise alors que ce salon est semblable à celui de Nathalie, à celui de Yana et de tant d'autres de ses connaissances. Le tissu des rideaux, la couleur des fleurs ou les tableaux diffèrent. Mais on y retrouve le même bon goût ennuyeux, la même atmosphère compassée. Elle s'étonne de ne pas s'en être aperçue plus tôt. Elle pense à son ancien appartement. Tout y était moins vaste, moins opulent, et elle avait toujours refusé d'accrocher quoi que ce soit aux murs. Elle aimait que son regard ne bute sur aucun effet décoratif, que ses pensées ne soient entravées par aucune limite spatiale. Elle aimait l'horizon, les ouvertures sur le ciel, la lumière et, à défaut, les parois blanches. Elle doit pourtant bien admettre que la rue de Varenne restait un intérieur conventionnel et bourgeois. À présent, sa perception du monde se modifie. Elle redécouvre ce qui l'entoure comme si un grand coup de vent venait de défaire le bandeau masquant ses yeux depuis tant d'années. Dans ce changement d'existence, elle peut enfin s'affranchir des codes auxquels elle s'était conformée en vivant avec Philippe. Elle peut tendre à l'allégement. Elle peut redevenir elle-même.

Les convives se dirigent vers la salle à manger et prennent place selon les indications de la maîtresse de maison. Les hommes assis à côté de Laurence rivalisent auprès d'elle d'amabilités. À l'autre bout de la table, Louise ne distingue de ses voisins que leurs dos se répondant dans une parfaite symétrie. Une veste grise à sa droite, une veste grise à sa gauche. Tout au plus celle de gauche habille-t-elle un corps plus massif. Louise considère les invités. Elle ne connaît personne à part cette jeune actrice qui vient de publier un premier roman et enchaîne les émissions de télévision et de radio pour raconter sa nécessité d'écrire. Vingt-huit ans, trois films remarqués par la critique, un visage d'ange, des sourires professionnels, une confiance en elle irritante et enviable. Et ce soir, l'air de n'avoir jamais rencontré la femme en face d'elle. À un moment où personne ne les voyait, elle a salué Louise furtivement, puis l'a effacée de son champ de vision. Louise choisit sans conviction de mettre son attitude sur le compte de l'embarras. À vrai dire, cette indifférence lui convient. Le couple qui reçoit pratique le vouvoiement comme un passe-droit autorisant à exprimer tout haut ce qu'on est supposé garder pour soi. Elle est avocate spécialisée dans les divorces à haut potentiel financier, lui est un ponte de la chirurgie cardiaque. À eux deux, ils sont un modèle d'autosatisfaction et de maîtrise du jeu social. Ils se renvoient la balle, apostrophent tel convive pour amorcer une conversation, reprennent assez rapidement la main pour que rien, jamais, n'ait le temps de lasser l'assemblée, et pour que chacun ait un bref instant l'impression de briller. On discute, on s'interroge, on s'accorde, on se lance des piques qui n'en sont pas, on rivalise de bons mots, on rit d'un même élan, heureux d'être là, ensemble, dans ce sentiment d'appartenir à la meilleure société, de se reconnaître comme semblables. Et rejetant avec la même énergie silencieuse le mouton noir qu'est Louise. Il ne lui reste qu'à attendre la fin de la soirée. Elle observe la comédienne et son air conquérant et se rappelle sa propre jeunesse. Tout était alors légèreté, liberté, promesse, espoir. Même les chagrins avaient alors une autre saveur. Ils exaltaient les sentiments et embellissaient les souvenirs en laissant des cicatrices douces à caresser. Ils la remplissaient d'une mélancolie toute romantique. Aujourd'hui, elle voudrait recouvrer son insouciance, sa capacité d'émerveillement, croire en un recommencement, à l'infini. Mais les chagrins désormais rétrécissent le cœur et laissent un goût amer. Sans doute est-ce cela vieillir. Son âge ne l'avait jusque-là jamais préoccupée, mais tout d'un coup les années la rattrapent comme lancées par une catapulte. Soudain, la peur prend tout l'espace, elle s'immisce dans le moindre interstice. Elle tétanise et rétrécit le champ des possibles. Elle ronge les espérances avant même qu'elles affleurent.

Louise retrouve le fil de la conversation lorsque son voisin s'adresse à l'actrice.

– Je vous ai lue avec bonheur. Je dois avouer que votre maturité d'écriture m'a épaté. À votre âge et pour un premier roman, c'est impressionnant. Et je lis deux livres par semaine.

– Merci, ça me touche beaucoup. Je m'y suis mise à nu, alors je suis heureuse que vous ayez aimé.

– Mélanie est très douée. Et le titre, *De l'enfer*, j'adore ! renchérit un des hommes assis à côté de Laurence.

– Ce titre s'est imposé à moi dès le début et m'a guidée tout au long de mon travail.

Louise la fixe, un sourire incrédule aux lèvres. Tant de culot et d'aplomb, elle n'en revient pas. Mélanie voulait l'intituler *Une femme et un homme*. Louise avait dû batailler pour imposer *De l'enfer*. Entre elles la discussion avait duré des semaines et Raphaël avait dû intervenir. Mais à cet instant, la jeune femme, le menton haut et le sourire faussement modeste, parvient à ne jamais croiser son regard. Louise se demande d'où lui vient la virtuosité avec laquelle elle gère cet évitement. Et pensant ça, elle s'interroge sur la raison qui l'a poussée à vouloir publier ce roman qu'elle n'a pas écrit et alors que sa carrière cinématographique faisait d'elle la nouvelle vedette française. Pour sa part, elle avait cessé de rédiger les livres des autres, mais Raphaël avait tellement insisté qu'elle avait fini par céder. Un rien embarrassé, il avait pris quelques précautions oratoires, avant de lui remettre le texte bref au style boursouflé. Il y avait du travail, mais un réel potentiel commercial, s'était-il défendu. Louise avait souri. Raphaël avait rosi. Elle avait dû réécrire intégralement l'histoire d'amour truffée de poncifs. Dans la mesure de ce que permettait la trame originelle, elle avait donné de l'épaisseur aux personnages, inventé ce qui n'existait pas, supprimé les pages les plus caricaturales. Mais le pire avait été de ménager la susceptibilité de la jeune femme. Même l'éditeur, que les charmes de sa nouvelle recrue ne laissaient pas indifférent, avait perdu patience face à ses entêtements et à sa prétention.

– Tout de même, c'est audacieux la scène où l'héroïne s'adonne à un strip-tease devant les sans-abri, non ? lance la maîtresse de maison d'un ton suave.

Louise a soudainement envie de l'embrasser. Ni elle ni Raphaël n'avaient réussi à convaincre Mélanie de renoncer à cette scène. Celle-ci n'avait rien voulu savoir et avait poussé des grands cris, c'était son livre, il était hors de question de supprimer ce passage, toute la force de son héroïne s'exprimait ici.

– Ma chérie, depuis quand vous intéressez-vous à la littérature ?

– Mon chéri, depuis que vous me connaissez. Autant dire un certain temps, répond l'avocate.

Des rires convenus courent autour de la table. À l'évidence, le couple a joué la scène des centaines de fois.

– N'écoutez pas mon épouse, Mélanie. Vous sondez la profondeur des sentiments avec une précision chirurgicale, et je suis bien placé pour savoir que cette précision fait la différence entre la médiocrité et un chef-d'œuvre.

Louise s'étrangle en avalant ses petits pois, ce qui déclenche une sévère quinte de toux. Les convives semblent alors découvrir sa présence. Leurs regards la transpercent. Elle attrape son verre d'eau, boit une gorgée pour s'éclaircir la gorge et faire cesser ces manifestations embarrassantes tout en tentant un geste de la main qui dit : « Retournez à vos conversations, oubliez-moi. » Mais il semble que tous soient tacitement décidés à l'accabler. Laurence, ignorant que son amie est le nègre de l'actrice, hasarde une diversion :

– Quel est le sujet de votre roman ?

– C'est une histoire passionnelle. Dans ma vie, j'ai eu, si j'ose dire, la chance de vivre des expériences extrêmement fortes et douloureuses. Je m'en suis inspirée.

– J'espère que ces expériences n'ont pas été trop éprouvantes ? hoquette Louise, qui retrouve peu à peu son souffle.

Mais elle est déjà retombée dans une dimension d'invisibilité et de silence.

– Avez-vous commencé un nouveau texte ? interroge le chirurgien.

– J'ai des tas d'idées, mais je démarre dans un mois le prochain film de François Bison, alors pour l'instant, je me concentre sur mon personnage.

– La politesse parisienne n'est pas une légende, pense Louise à voix haute.

– Vous avez un problème, madame ?

– Vous m'avez entendue, incroyable ! Voyons, un problème… laissez-moi réfléchir…

– Avez-vous seulement lu son roman ?

– Il se trouve que je l'ai lu avec une attention toute particulière.

Le visage de l'actrice s'empourpre soudainement. Le chirurgien et l'avocate ne semblent pas fâchés de cette animation imprévue. Demain, tout Paris ne parlera que de leur soirée. L'interlocuteur de Louise n'en reste pas là.

– Si vos livres ne rencontrent pas autant de succès, il faut chercher l'explication dans la qualité de votre écriture.

– Vous savez donc que j'écris !

Autour de la table, tout le monde s'est tu. À chaque réplique, les têtes tournent de gauche à droite et de droite à gauche, et il paraît évident que les convives espèrent tous le même vainqueur. Tous à part Laurence.

– Je sais surtout de quelle manière vous faites prospérer votre carrière, madame Dumont.

– Louise Voileret ! puisque vous semblez si bien me connaître. Et j'aimerais bien savoir comment prospère ma carrière…

– Vous êtes donc la seule à l'ignorer ! dit l'homme dans un rire qui se répand aussitôt autour de la table.

– J'ignore votre nom puisque vous n'avez pas cru utile de vous présenter, mais c'est amusant ce que vous dites à propos de mon écriture…

– Ah oui, et pourquoi ? persifle la veste grise.

Louise affiche à présent un sourire carnassier. Tant pis pour la clause de confidentialité, et tant pis pour la jeune vedette. Elle va démolir cet abruti.

– Vous mettez en cause mon écriture, ce qui est votre droit, mais lequel de mes romans avez-vous lu exactement ?

– Aucun, Dieu merci ! Les critiques sont assez éloquentes.

– Celles qu'on trouve sur Internet ?

– En effet.

– En somme, vous êtes le M. Jourdain de la critique littéraire. Vous m'avez lue sans le savoir.

– Vous m'insultez alors que vous et votre mari êtes impliqués dans des histoires de pot-de-vin et de fraude fiscale ! On aura tout entendu !

– Ne croyez pas ça. Le meilleur reste à venir.

– On vous écoute, chère madame.

Sentant la vérité prête à tomber comme la lame de la guillotine, l'actrice intervient avec une autorité qui calme tout le monde :

– Ça suffit ! Laissez-la tranquille.

Un silence flotte quelques instants. Puis l'hôtesse reprend la situation en main.

– Vous avez vu que le mouvement des Gilets jaunes commence à s'essouffler. Ce n'est pas trop tôt ! Nous ne savons plus où nous évader chaque week-end.

Louise se lève. À nouveau, le silence suspend la conversation.

– Amusez-vous bien ! lance-t-elle sans se retourner. C'était très instructif.

La mâchoire ouverte au-dessus de leur poisson froid, les convives la regardent partir. Laurence quitte à son tour la table et rattrape Louise sur le palier.

– Tu ne comptes pas m'abandonner comme ça ? On va boire un verre quelque part ?

– Bonne idée.

– Spectaculaire sortie de scène !

– Les dîners parisiens, c'est terminé. Je ne veux plus jamais avoir affaire à de tels connards suffisants. Je préfère encore rester seule chez moi jusqu'à la nuit des temps.

– Connards est le mot juste. Donc c'est toi qui as

écrit le livre de cette fille. Je croyais que tu avais arrêté ces activités alimentaires.

– Raphaël a tellement insisté et, franchement, vu le peu de temps que ça m'a pris… C'est ce contrat qui m'a permis de partir avec Philippe à Saint-Martin, là où a été prise la pitoyable photo en maillot de bain. L'ironie se cache parfois là où on ne l'attend pas.

Louise tremble de rage. À cinquante-deux ans, parce que Bergot est détesté, parce que Philippe s'est comporté en voyou, et parce qu'elle les connaît tous les deux, elle est devenue un objet de haine. Aussi parce que lui tomber dessus est bien moins risqué que de s'en prendre à un grand patron ou à un politique. Pour autant, il va lui falloir ne pas céder à la tentation du repli sur soi. Il va lui falloir réfléchir à la riposte, ne plus se laisser enfermer dans la peur, prendre des coups sûrement, mais se défendre. Et réinventer sa vie.

Laurence et Louise atterrissent dans un bar où les femmes sont trop maquillées et les hommes désinhibés. Elles s'amusent à observer les rapprochements éphémères. Louise descend sa Margarita, envisage déjà la suivante pour plus de sûreté. Elle ne partira d'ici que lorsque l'alcool et la fatigue auront dissipé le souvenir de la soirée. Quand elle se fichera de tout. Alors, elle pourra rejoindre la rue Lamarck et sombrer dans une amnésie temporaire.

Le lendemain, sort un article sur le licenciement du directeur général de Pressinvest. Après douze ans à la tête de l'entreprise, il est remplacé par le patron d'une fromagerie industrielle dont Bergot est propriétaire. Les différentes rédactions du groupe redoutent une mainmise sur leurs lignes éditoriales. Elles suspectent l'homme d'affaires d'avoir nommé ce subordonné pour s'assurer un espace de communication voué à ses propres intérêts, et se déclarent prêtes à se battre pour défendre leur liberté d'expression. Leurs inquiétudes semblent d'autant plus fondées que ce changement s'accompagne d'une restructuration drastique des comités éditoriaux. Louise connaît la solidarité des journalistes entre eux. Elle connaît leur pouvoir. L'absence de scrupules et la brutalité de Bergot ne se sont jamais démenties. Entre les deux parties l'affrontement sera inévitable. Au milieu de ce champ de bataille, Louise se demande quels nouveaux coups elle va prendre.

Doucement, elle fait tourner la clé dans la serrure en tendant l'oreille pour s'assurer que Philippe est sorti. Il n'y a aucun bruit. Elle pénètre dans son ancien appartement avec la sensation de commettre une infraction. Deux mois se sont écoulés depuis son départ. Une éternité lui semble-t-il. Une odeur aigre lui pique le nez. Elle va ouvrir les fenêtres du salon, trébuche sur une assiette de moussaka surgelée à moitié vide abandonnée au pied du canapé. À la cuisine, l'évier déborde de vaisselle sale. Dans la chambre, le lit est défait. Une tornade semble être passée dans le bureau de Philippe comme dans le sien. Partout, les tiroirs sont ouverts, les dossiers étalés en vrac. Elle s'immobilise. Son regard fait le tour de la pièce, se pose sur chaque meuble, sur chaque objet qu'elle a rapporté de voyages et qui devrait lui donner le sentiment d'être chez elle. Mais toute vie semble s'être évaporée. Elle observe l'éléphant en bois sculpté qu'elle avait déniché dans une brocante de L'Isle-sur-la-Sorgue. Un chineur avait tourné autour en même temps qu'elle, prêt à faire lui aussi une offre au vendeur, et Louise avait eu peur que l'éléphant lui échappe. À présent, elle s'étonne d'avoir tant désiré ce bibelot et éprouve une immense lassitude. Tout ce qui la rattache à sa vie avec Philippe lui est devenu étranger. Elle prend un sac pour y mettre les albums photo qu'elle est venue chercher, se dirige vers l'entrée, retire la clé de son trousseau et la dépose sur la console. Puis elle claque derrière elle la porte. Elle a vécu rue de Varenne pendant quinze ans, elle y a vu grandir Léo, y a écrit plusieurs livres, elle y a même connu des jours heureux. En descendant l'escalier, elle sait qu'elle n'y reviendra plus. Elle s'arrête devant la loge, sonne chez la gardienne.

– Ah, madame Dumont, on a eu de la visite il y a une semaine. Vous êtes au courant ?

– Non.

– Ils ont cogné à mon carreau à six heures du matin, je n'avais même pas encore sorti les poubelles. Cinq hommes de la police judiciaire qui allaient chez vous.

– Oh, je suis désolée.

– Ça fait longtemps que je ne vous ai pas vue ! Enfin excusez-moi, je ne veux pas être indiscrète, mais là où je suis, vous imaginez bien, je vois des choses, n'est-ce pas ! Bon, je leur ai ouvert, ils sont montés à l'appartement. Ils ont réveillé votre mari. Moi, je les ai laissés entre eux et je suis redescendue. Mais ils sont restés trois heures. J'avais jamais vu ça dans l'immeuble.

– Vous avez du courrier pour moi ?

– Oui, votre mari m'a demandé de le garder ici pour vous. En repartant, les policiers sont venus me demander si vous habitiez là. J'ai dit que ça faisait un moment que vous étiez partie. J'espère que j'ai bien fait ?

– Oui.

– Ils m'ont aussi demandé où vous étiez. Bon, j'en savais rien, j'ai pas pu leur répondre.

– J'habite rue Lamarck. Le temps que le changement d'adresse se mette en place, pourriez-vous faire suivre les lettres qui pourraient arriver en les envoyant au nom de Louise Voileret ? Je vous ai tout noté sur ce papier.

– Vous pouvez compter sur moi. Depuis la perquisition, M. Dumont ne veut plus personne dans l'appartement. Il a même interdit à Mme Lefèvre de venir faire le ménage. Quelle histoire ! J'espère que c'est pas trop grave, et que vous, vous n'êtes pas embêtée ?

– Merci pour tout. Au revoir.

Dès que Louise franchit le porche et retrouve l'air du dehors, elle prend une grande inspiration. Elle pose le sac dans le coffre de sa voiture, s'installe au volant et reste immobile un moment. Puis elle démarre et accélère avec l'envie de fuir le plus loin possible. Cinq cents mètres plus loin, elle se fait arrêter.

– Police nationale. Veuillez couper le moteur et présenter les papiers du véhicule.

Louise fouille dans son sac. Elle tend les documents d'une main tremblante.

– Ça va, madame ?

– Oui.

– Vous êtes pressée ?

– Non.

– Alors, pourquoi avez-vous grillé le feu ?

– Je ne l'ai pas vu. Je suis désolée.

Sans qu'elle puisse les retenir, les larmes roulent sur ses joues. Louise ne sanglote pas. Elle se liquéfie. C'est toute la tension des semaines passées qui se déverse. Impassible, le fonctionnaire s'éloigne vers la fourgonnette et échange quelques mots avec ses collègues. Louise essaie de se ressaisir mais une digue vient de lâcher et les vannes semblent impossibles à fermer. L'homme revient.

– Un feu rouge, c'est quatre points en moins et cent trente-cinq euros d'amende… C'est bon pour cette fois. Mais vous n'êtes pas en état de conduire. Rentrez chez vous doucement et reposez-vous.

Le soir, au moment où elle va se coucher, arrive un texto anonyme :

« Bonsoir, Louise Voileret, ou plutôt Louise Goldsmith. Je suis surprise de voir que votre bio ne fait aucune mention de vos origines sémites. Votre mère est pourtant une bonne juive hongroise. Ce qui explique que vous soyez publiée par Raphaël Berliner, juif lui-même. Le communautarisme et la solidarité entre youpins ne sont décidément pas une légende. »

Louise fait suivre à Raphaël, ajoutant qu'elle est navrée de l'entraîner dans ses ennuis. Il lui répond aussitôt de ne pas s'en faire pour ça.

N'ayant jamais éprouvé sa judaïté, elle n'a pas anticipé l'attaque. Sa mère, si elle ne faisait pas mystère de ses ascendances, ne sacrifiait à aucun rite religieux, à aucune coutume. Née en 1940, elle n'avait pas connu la guerre car ses parents, voyant arriver les lois antijuives, avaient fui la Hongrie en 1937 pour les États-Unis et ne s'étaient installés en France qu'en 1946. Puis Anne s'était mariée avec un Normand, simplement mais à l'église comme tout le monde dans les années 1960. Adolescente, Louise l'avait interrogée et Anne avait expliqué n'avoir pas reçu d'éducation spirituelle et n'en avoir éprouvé nul manque. Pour elle, la question de Dieu ne s'était pas posée. Pour Louise non plus. Ainsi, l'athéisme s'était transmis de mère en fille. Ces dernières années, Louise était préoccupée par la montée du racisme sous toutes ses formes et la propagation d'un révisionnisme nourri d'inculture. Mais sans qu'il y ait le moindre rapport avec une appartenance cultuelle. Pourtant, cette nouvelle agression fait d'elle, pour la première fois de sa vie, une femme française juive. Étrangement, elle reçoit ce message comme un complément d'identité à explorer. Plus inattendue encore est la naissance d'un sentiment d'appartenance et de solidarité. Elle devient victime de l'antisémitisme ordinaire parmi des millions d'autres. Dans cette affaire, elle n'est plus une cible isolée.

Le lendemain, pour étayer ses précédentes accusations, Agorinfo publie quelques extraits de messages entre le secrétaire d'État au Numérique et son assistante, sans doute relayés par le mari de celle-ci, Paul Perrier. Dans plusieurs de ces SMS, Philippe demande à Mathilde de réserver des billets d'avion Paris-Port-d'Espagne en passant par New York et de prendre au nom de M. Philou un rendez-vous à la Caribbean Trust Bank. À ce stade, ce n'est plus la malhonnêteté de son ex-mari qui la surprend, mais son imprudence et sa stupidité. Le site, par ailleurs, affirme détenir un enregistrement entre Dumont et Bergot qui ne laisserait aucun doute sur la transaction opérée entre les deux hommes. Philippe est lâché par ses derniers soutiens au gouvernement, mais il continue de s'enferrer dans le déni. La presse écrite, les radios, les journaux télévisés ne parlent plus que de ça. « M. Dumont a-t-il vraiment touché des pots-de-vin ? Est-ce la première fois et combien au juste a-t-il extorqué ? Va-t-il démissionner, ou plutôt quand va-t-il démissionner ? Qui va-t-il entraîner dans sa chute ? Jusqu'où ira l'indécence de cette classe dirigeante qui persiste à se croire au-dessus des lois au moment où la France silencieuse exprime sa difficulté à boucler ses fins de mois et n'espère plus laisser à ses enfants un avenir digne ? » Évidemment, la confrontation entre les deux mondes est explosive. Sur les réseaux sociaux, c'est un déchaînement continu. Philippe est un voleur, une ordure, un menteur, un escroc, un larbin à la solde du capitalisme, un nuisible profitant de son passage à Bercy pour s'enrichir, un pédophile en liberté – rien ne se perd. Les hommes comme lui, Cahuzac, Strauss-Kahn, Fillon, Ghosn, Balkany, sont la ruine de ce pays. Tout se mélange, mais peu importe. Il reçoit des menaces de mort et la police lui adjoint des agents de sécurité, encore une façon de gaspiller l'argent des contribuables, lit-on çà et là. Décidément, on ne s'en sort pas. Les injures n'épargnent pas Louise. Salope, usurpatrice, pute, sont les qualificatifs récurrents, même si sale juive ou youpine enrichissent désormais le catalogue. Au-delà du défoulement, la haine est devenue un moyen d'expression comme un autre. Elle semble sans limites, banalisée, décomplexée, auto-justifiée et nourrie par le conspirationnisme et la misère humaine.

Louise s'accroche à la routine. Chaque jour, elle descend à la boulangerie, remonte prendre son petit-déjeuner et essaie d'écrire. Elle jette les mots sur l'ordinateur, se relit, efface tout, recommence, reste devant son écran, inerte, l'esprit absolument sec. À midi, elle rejoint le Bois de Boulogne, fait plusieurs tours de lac d'une foulée rageuse puis rentre rue Lamarck. Debout dans la cuisine, elle mange un avocat, une pomme, deux carrés de chocolat avant de retourner à sa table de travail. À nouveau, c'est la valse des phrases détruites sitôt relues, et le sentiment de ne plus savoir écrire, ne plus pouvoir penser. Le soir, elle revoit ses classiques : Mankiewicz, Hitchcock, Leo McCarey, Huston, Kazan, Wilder, Capra. Elle va parfois au cinéma place de Clichy. Elle ne lit pas, elle n'y arrive pas. Elle n'est plus capable de concentration. La forme de solitude à laquelle Louise est soumise est une présence dévorante. C'est un monstre qui maintient dans un sentiment de veille permanente, qui empêche de reprendre son souffle, qui interdit l'espoir. Nathalie n'a pas rappelé. Ni Yana. Ni aucune de ses connaissances. Seuls les journalistes cherchent à la joindre. Elle ne parle qu'à Laurence et, de temps en temps, à Raphaël ou à Léo. Mais avec son fils, elle communique essentiellement par mail.

Elle prend son café et allume son portable. L'image pornographique apparaît aussitôt sur l'écran. C'est un enchevêtrement de trois corps nus dont les têtes ont été changées. Louise se retrouve ainsi au centre du photomontage, à quatre pattes entre Philippe qui l'agrippe par les hanches et la baise par-derrière, et Bergot dont le sexe en érection pointe devant son visage. Dans un haut-le-cœur, Louise repose son téléphone. Que pense-t-elle à cet instant ? Impossible à dire. Son esprit se brouille comme un téléviseur envahi de neige cathodique. Elle reste immobile, les membres pesant chacun une tonne, sa nuque se crispant l'engourdissement attaquant jusqu'à son crâne. Elle perd pied, s'enfonce de toutes ses forces sur la chaise pour ne pas chavirer. Les minutes s'écoulent, elle ne saurait dire combien. L'écran de son portable passe en veille. Son regard fixe l'objet extraplat de sept centimètres sur quatorze capable de déverser en silence une violence cataclysmique. Au bout d'un moment, elle tend la main pour le rallumer, pour vérifier qu'elle a bien vu ce qu'elle a vu. Mais son geste reste suspendu, empêché par un champ invisible. Cette force qui bloque son bras, c'est son instinct de protection, sa dignité ou ce qu'il en reste. Les regards méprisants, les amis évanouis, les accusations de toutes sortes, les injures, son écriture remise en question, toute cette boue déversée sur elle jour après jour est un poison qui s'immisce en elle. Ne demeure que le doute, la peur, le dégoût, la sidération.

Elle finit par attraper la boîte verte posée sur la table de nuit et avale une barre entière de Lexomil.

Lorsqu'elle rejoint Raphaël au *Dôme*, l'anxiolytique a fait son effet. Elle n'a rien oublié, mais plus rien ne l'atteint vraiment.

– Alors où en es-tu ? Je la lis quand, cette dernière version ?

– J'avance mais moins vite que prévu, ment-elle.

– Avec ce qui te tombe dessus, je comprends que tu sois perturbée, mais ça va se calmer.

Louise rit. C'est un rire qu'elle ne se connaît pas. Bref. Aigu. Amer. Elle se demande si Raphaël a vu l'image pornographique et, dans la foulée, si Léo l'a découverte. Tout est possible puisqu'elle circule sur le Net.

– Je voudrais donner une interview. Tu peux m'aider ?

– Tu imagines dans quel journal ? *Libération* ne serait pas mal.

– Je pensais plutôt à *Elle* ?

– Tu te prends un tsunami à cause des agissements de ton mari, enfin des agissements supposés de ton ex-mari. Oui, il y a en effet sûrement quelque chose à dire dans un magazine féminin. Tu sais s'il y aura d'autres révélations ?

– Non. Mais je suppose, enfin j'espère, que l'essentiel est sorti. Le dossier est déjà assez lourd comme ça.

– D'autres ont fait mieux ! dit Raphaël en souriant. Je m'inquiète pour toi. Je te trouve maigrichonne…

Une voix connue résonne dans le dos de Louise.

– Raphaël ! Salut, collègue. Je voulais justement te parler.

– Ah, bonjour, Stéphane. Oui, ma secrétaire m'a transmis ton message. Tu connais Louise Voileret ?

Elle tourne la tête et Stéphane Thinet aperçoit Louise.

– Comme tout le monde ! On se parle dans l'après-midi, alors. Bon déjeuner.

Il s'en va avant qu'elle ait eu le temps de le saluer.

– C'est amusant. Il essayait de me débaucher il y a encore deux mois.

– J'espère que tu n'y as pas songé.

– Pas une seconde.

– Pour l'interview, je m'en occupe. Toi, pendant ce temps, tu termines ta nouvelle fin. On pourrait sortir le texte en octobre.

– Octobre ?

– Ça suppose qu'on ait calmé les imbéciles avant. Mais une parution à la rentrée, ça serait bien, non ?

– Oui. Mais octobre, c'est demain !

– N'exagère pas. Bon, on peut aussi attendre janvier.

– Oui, on verra. J'ai croisé Mélanie l'autre jour dans un dîner, dit Louise pour parler d'autre chose. Comment marche *De l'enfer* ?

– Étonnamment bien. Grâce à toi, il faut le reconnaître.

– Grâce à sa jeunesse triomphante, tu veux dire ! Les hommes la regardaient tous avec les yeux du loup de Tex Avery.

– Je peux comprendre. Mais quelle emmerdeuse ! Tout ça n'est plus pour moi.

– Tu n'as pas toujours dit ça, le taquine Louise.

– Les hommes sont faibles ! D'accord, je t'accorde le droit de te moquer de moi.

– Oh, je ne me permettrais pas !

Raphaël ne peut pas imaginer le bien que lui fait cette légèreté entre eux.

– Les journalistes m'ont demandé qui se cachait derrière le style « affûté et subtil », je cite, du roman. Je n'ai pas répondu, mais ton nom est revenu à plusieurs reprises.

– Voilà la meilleure nouvelle de ces dernières semaines !

– Les attaques sur les réseaux sociaux s'arrêteront plus vite que tu ne le penses. C'est toujours comme ça, à un moment, la meute trouve un nouvel os.

– Sinon, tu pourras toujours me faire travailler comme nègre.

– Absolument. Mon nègre préféré.

Raphaël demeure tel qu'elle le connaît, amical et prévenant. Louise en est bouleversée et cette émotion exprime à elle seule la profondeur de son désarroi. Le plus violent est de s'apercevoir qu'elle s'habitue à tout. À la solitude, au bannissement, à ne parler à personne des journées entières, à n'attendre rien de doux, à s'accommoder de la sécheresse des cœurs et de la brutalité des mœurs.

Elle arrive avec dix minutes d'avance au Palais de Justice. Dans la salle des Pas perdus, elle se sent écrasée par l'immensité de l'espace. Les escaliers monumentaux s'envolent au-dessus de sa tête. Les talons claquent sur le sol, les conversations résonnent entre béton et parois de verre. C'est un gigantesque paquebot prêt à l'embarquer vers un monde parallèle. Louise croise des regards égarés. La peur et la tension nerveuse sont palpables. Des grappes de robes noires s'agitent avec des fébrilités de papillons de nuit. Tout semble irréel et inquiétant.

Le juge d'instruction enchaîne les questions sur un ton impassible. Louise répond le plus simplement et le plus brièvement possible, comme le lui a conseillé Adrien hier au téléphone. Non, elle ne connaissait pas l'existence d'un compte en dehors du territoire. Non, elle n'est jamais allée à Trinité-et-Tobago. Non, elle n'était pas au courant d'une intervention de son ex-mari dans la vente de Pressinvest. Oui, elle connaît M. Bergot. Non, elle n'a jamais eu la moindre relation professionnelle avec lui. Non, il n'est jamais venu chez eux, du moins en sa présence. Oui, son époux et elle étaient mariés sous le régime de la séparation de biens. Oui, elle a quitté le domicile conjugal début janvier. Oui, ils ont divorcé par consentement mutuel le dix-neuf février dernier. Non, elle n'a pas revu M. Dumont depuis. Non, elle n'a rien à ajouter. Oui, elle va signer sa déposition.

Elle quitte le bureau du juge. Dans le couloir, elle croise un homme menotté encadré par deux gendarmes. Elle s'écarte pour les laisser passer et pense que Philippe a sûrement été entendu. Elle n'est pas certaine de parvenir un jour à ne plus lui en vouloir. Sa colère ne s'apaise pas, le pire étant le mépris. Entre eux ne restera que leur fils. Lui seul justifie le gâchis de leur vie commune.

– Louise !

Elle se retourne et aperçoit Adrien. Il salue ses collègues et s'avance vers elle.

– Alors, comment s'est passé l'interrogatoire ?

Sa robe d'avocat lui donne l'air plus âgé.

– J'ai essayé de considérer l'exercice comme une expérience pour un prochain roman, histoire de tenir le stress à distance. Et j'ai fait des réponses simples et brèves comme vous me l'aviez dit.

– J'espérais vous attraper. Je sors d'une plaidoirie.

– Je suis contente que ça soit fini. Dans ce minuscule bureau, entre le juge qui m'interrogeait et le greffier qui notait tout ce que je disais, j'ai été au bord de la suffocation.

– Allons prendre un café.

Ils s'installent dans un bistrot à côté du Palais de Justice. Adrien fourre sa robe dans sa sacoche et redevient un jeune homme.

– Vous voulez manger quelque chose ? Je n'ai pas eu le temps de prendre un petit-déjeuner ce matin, je meurs de faim.

– Pour moi, un expresso suffira.

Adrien commande un croque-monsieur, un Coca, et pour Louise un café.

– C'est étrange comme le simple fait de se trouver face à un magistrat donne instantanément le sentiment d'être une criminelle.

– C'est une question d'habitude.

– J'espère bien ne jamais prendre ce genre d'habitude !

– Pas de doute, Louise. J'imagine que vous avez vu le photomontage. Je me suis permis d'intervenir auprès de l'hébergeur sans vous en avoir parlé. Il vient d'être supprimé.

– Merci, dit Louise sans oser lui demander s'il s'agit bien de l'image pornographique.

Elle enchaîne :

– Quel était le sujet de votre plaidoirie ?

– Un homicide.

– Oh ! Ça c'est sérieux.

– Un crime passionnel, oui, c'est sérieux, dit-il en souriant.

– Vous défendez l'homme ?

– La femme. Certaines sont fatales.

– C'est par solidarité avec votre cliente que vous mordez avec un tel enthousiasme ce croque-monsieur ?

Il rit.

– Ça vous va bien.

– Quoi ? demande Louise.

– La légèreté.

Un sourire triste passe sur son visage. La légèreté s'est enfuie depuis si longtemps. Depuis bien avant sa découverte des activités illégales de Philippe. Elle préfère ne pas y penser, ne pas remonter le temps à la recherche du dernier fou rire, de la dernière danse, de la dernière étreinte fiévreuse, de la dernière nuit à refaire le monde à deux ou entre amis, à se disputer pour un film, pour des opinions politiques. Elle regarde dehors la pluie de mars qui vient frapper les vitres du bistrot.

– Lequel de vos livres me conseilleriez-vous de lire en premier ?

– Vous aimez les romans ?

– Certains, oui.

– Vous me mettez la pression.

– Je ne crois pas.

– Vous avez vu les critiques sur Internet.

– Oui. Mais j'ai surtout lu celles écrites avant vos ennuis.

– On les trouve encore ?

– Avec un peu de persévérance, je dois admettre.

– … *Un jeune homme mal élevé.*

– Pour le titre ?

– Pour le titre, bien sûr !

– Je vais essayer de bien me tenir, alors.

Le regard d'Adrien est tellement direct. Louise considère cette assurance comme un excès de jeunesse. La pluie a cessé. Elle veut rentrer. Elle se lève, doit insister pour payer.

– Je vous dépose ?

– C'est gentil, mais je n'habite pas loin, je suis venue à pied. Ça me fera du bien de marcher un peu.

– Je vous emmène. Mon scooter est juste là.

Louise rit.

– Je prends ça pour un acquiescement. Mettez ce casque.

Elle monte derrière Adrien après lui avoir donné son adresse. Ça fait tellement longtemps qu'elle ne s'est pas trouvée sur un deux-roues. Adrien se faufile avec aisance dans la circulation et semble connaître tous les sens interdits. Louise se laisse griser par la sensation de liberté et sourit en pensant au nombre de fois où elle a sermonné Léo, lui rabâchant les dangers de la moto dans Paris. Adrien remonte l'avenue de Clichy, puis tourne à gauche rue Guy-Moquet, s'engouffre à droite rue Davy, suit l'avenue de Saint-Ouen jusqu'à la rue Marcadet. Rue Lamarck, il ralentit à la recherche du numéro 27. Avant de donner un coup d'accélérateur. Louise n'a que le temps de s'agripper à lui. Ils filent vers la place, puis roulent boulevard des Batignolles, boulevard de Courcelles. Adrien s'arrête devant l'entrée du Parc Monceau.

– Pour marcher, c'est plus agréable ici, non ?

– Vous décidez souvent à la place des autres ?

– Vous êtes fâchée ?

– Je ne suis pas venue ici depuis que mon fils était à l'école primaire juste à côté. Aujourd'hui il est en stage à Sydney. Il adorait les barbes à papa. Je vous en offre une ?

– Donc, vous êtes fâchée.

– Venez ! Je prendrais bien une crêpe.

Dans la queue de la buvette, les enfants chahutent, impatients et gourmands, puis s'éparpillent joyeusement dans les allées. Assises sur les bancs, mères et nounous discutent entre elles ou rêvent au printemps qu'annonce l'éclosion des premières fleurs, jonquilles perçant les pelouses et flocons rose pâle sur les prunus, à la nuit prochaine pour certaines, à la possibilité d'une autre existence pour d'autres. Louise et Adrien se promènent dans les sentiers. Chacun croque une bouchée de la crêpe de l'autre. Celle d'Adrien dégouline de chocolat fondu. Le jeune homme raconte des anecdotes qui la font sourire et Louise lui est reconnaissante de s'en tenir à cette légèreté.

Ils quittent le parc alors que le ciel s'obscurcit de nouveau. La pluie s'abat soudainement sur eux au moment où ils arrivent rue Lamarck. Déjà trempés, ils descendent du scooter, courent s'abriter sous le porche de l'immeuble. Dans le mouvement, Adrien attire Louise à lui et l'embrasse. Elle s'abandonne. Elle avait oublié ce qu'est un vrai baiser. Balayée par les bourrasques, la pluie s'engouffre dans le décrochement où ils se sont réfugiés. Louise ouvre la porte, ils basculent dans le hall, dans l'ascenseur. L'étreinte n'en finit pas. Ils sont chez elle. Tombent sur le lit, se débarrassent de leurs vêtements sans un mot. Tout s'enchaîne si vite qu'elle n'a pas le temps de penser. Son corps agit pour elle, il retrouve des gestes anciens, des sensations perdues. Louise oublie le passé, le futur, elle oublie sa vie, elle sombre dans l'instant présent comme dans un puits sans fond. Les mains d'Adrien qui s'aventurent partout, sa bouche gourmande, son sexe, la douceur de sa peau, rien d'autre n'existe plus. Ils font l'amour longuement, jusqu'à ce qu'elle jouisse, puis Adrien juste après. Chacun s'effondre dans la flaque de soleil qui entre par la fenêtre. Louise remonte le drap sur elle et regarde le jeune homme. Les yeux fermés, il sourit comme un ange. Elle ne bouge pas. La panique l'envahit.

– Je n'ai pas été mal élevé ? Pas trop ?

– …

– Tu ne réponds rien ?

– Appelons ça un moment d'égarement.

– Pas forcément.

– Si.

Il se lève d'un bond, passe son jean, son tee-shirt, son pull, sa main dans ses cheveux pour y mettre un peu d'ordre.

– Je dois filer. Je t'appelle pour dîner un soir. Après tout, il n'est pas interdit de renouveler les moments d'égarement !

Il l'embrasse rapidement et disparaît.

Louise s'éternise sous la douche. Pour effacer l'odeur de sexe. Pour débarrasser ses cheveux du parfum d'Adrien. Pour faire cesser les fourmillements entre ses jambes. Pour chasser les images de leur étreinte qui provoquent de nouvelles ondes de désir. Elle règle le robinet thermostatique. L'eau devient froide. Puis glacée. Elle veut croire qu'elle ne s'est pas abandonnée au rire joyeux d'Adrien, à son insouciance, à son regard sur elle qui ne la juge pas. Elle veut croire qu'elle ne suffoque pas de solitude, qu'elle n'avait pas besoin de sentir la chaleur d'un autre corps, de bras pour l'enserrer, peu importe lesquels. Mais elle est arrivée à ce point où il lui fallait être aimée quelques minutes au moins et tant pis si ce n'est pas de l'amour. Elle s'adosse au mur de la douche, se laisse lentement glisser jusqu'au sol et se recroqueville sur elle-même. Elle ne maîtrise plus rien. Elle s'est perdue. L'ardoise magique n'existe pas.

Peu à peu, le souvenir de l'interrogatoire la ramène à la réalité. Les questions du juge reviennent en désordre et se bousculent. L'enquêteur n'a rien laissé paraître. Elle se demande si ses réponses ont réussi à dégager la suspicion d'une complicité. Si sa responsabilité sera écartée.

Philippe appelle. Il veut la voir. Louise accepte de prendre un café.

Ils arrivent en même temps devant le bistrot. Dans cette journée de fin mars qui ressemble à l'été, la terrasse est prise d'assaut. Têtes baissées pour échapper aux regards, ils se faufilent entre les clients. Louise croit entendre sur leur passage le mot « salaud ». Mais sans doute n'est-ce qu'une illusion, un délire paranoïaque. Sa vie est devenue un océan tumultueux où tout ondoie, où plus rien n'est sûr, dans lequel elle s'enfonce sans rien pour se rattraper. Ils s'engouffrent à l'intérieur, commandent deux expressos et s'asseyent à une table au fond de la salle déserte.

– La séparation te réussit, dis-moi ! Tu as changé de coupe de cheveux ?

– Non.

– Ah... Tu as été interrogée par la justice ?

– Oui.

– Qu'est-ce que tu leur as dit ?

– J'ai répondu à leurs questions. Je n'ai rien dit qui puisse te nuire puisque je ne suis au courant de rien.

– Tu as évoqué Philou ?

– Non.

Philippe s'affaisse sur sa chaise. Il se fiche de savoir ce qu'est devenue l'existence de Louise, où et comment elle vit, si son roman avance, si elle est harcelée sur les réseaux sociaux. Mais elle remarque comme il a vieilli. Il a le regard perdu dans le vague, la tête penchée sur le côté dans une attitude de défaite qu'elle ne lui connaît pas.

– ... Je suis désolé, Louise. Tellement désolé... À un moment, j'ai perdu le contrôle, sans m'en rendre compte. Je suis arrivé à un point où je me suis cru invincible. Je me sentais en lévitation, au-dessus de toutes les règles, de toutes les lois, il n'y a qu'à toi que je peux confier ça. Je sais que j'ai tout foutu en l'air. Ma carrière, ce n'est pas le plus grave, même si j'ai ruiné une vie d'efforts. Mais je pense à Léo. Je n'en dors plus… Et je pense à nous…

– En ce qui nous concerne, ne te fais pas trop de mal. Notre couple avait sombré depuis longtemps.

– Mais de ça aussi, je m'en veux. Tu étais la femme de ma vie et j'ai été égoïste, idiot. Je sais que je t'ai perdue au fil du temps. Tu étais… tu es…

Tout d'un coup, la mâchoire de Philippe commence à trembloter et les larmes remplissent ses yeux pour jaillir d'une façon que Louise ne croyait pas possible. Elle en a un haut-le-cœur. Les jérémiades de son ex-mari lui sont encore plus odieuses que son égocentrisme.

– Tu dois expliquer deux ou trois choses à Léo. Il n'attend que ça.

– …

– Le silence n'est pas une option, Philippe. Ce n'est pas parce qu'il est à l'autre bout du monde qu'il ignore ce qui se passe ici. Tu ne peux pas à ce point fuir tes responsabilités.

– Comment va-t-il ?

– Mais demande-le-lui ! Et s'il te plaît, affronte la situation avec dignité.

– Quelle dignité ?

– Arrête de gémir, c'est insupportable. Et abrège le supplice, qu'on en finisse !

– T'es marrante !

– Comme tu me l'as toi-même dit un jour pas si lointain, tu n'as tué personne. Tout le monde oubliera.

– Mais toi et Léo ?

– C'est un peu tard pour y penser. Mais je veux croire que Léo s'en remettra.

– Oui. Il est fort. Toi aussi, tu es forte.

– Forte ? Au fond, tu ne sais rien de moi, Philippe. Rien. Tu ne te demandes même pas comment je vis depuis tes dérapages. Tu es tellement occupé à t'apitoyer sur ton sort que tu es devenu aveugle. Remarque, tu ne voyais plus grand-chose depuis bien longtemps, n'est-ce pas ?

– Mais tu ne mesures pas l'enfer que je traverse !

– Je t'arrête tout de suite. Je ne veux rien connaître de ta vie ni de tes problèmes. Les dommages collatéraux me suffisent. Sous ta grande gueule et tes airs héroïques, j'aurais dû voir combien tu étais faible. J'aurais dû m'en aller bien plus tôt.

– … J'espère que tu pourras me pardonner un jour.

Louise ne calcule rien, la gifle part toute seule. Sèche et libératrice. Puis, d'un élan tout aussi incontrôlé, sa main vient effacer la violence du coup par un effleurement sur sa joue. Cette caresse est un réflexe, une résurgence d'un lointain passé, un sentiment inscrit dans sa mémoire en dépit de la colère, des rancœurs, du mépris, de la distance irréversible qui s'est creusée entre eux. Les deux gestes la surprennent autant l'un que l'autre. Mais elle sent soudainement son corps se détendre. Les tensions accumulées au fil des semaines se relâchent. Quelque chose vient de rompre au plus profond d'elle-même qui confirme la fin d'un attachement. Louise n'a plus rien à lui dire, plus rien à faire avec cet homme. L'évidence est saisissante. Elle se lève. Philippe la suit sur le trottoir en silence. Chacun repart de son côté. Sans un mot, sans un au revoir. Seul. Avec sa vie en vrille.

L'information est impossible à éviter. Elle s'écoule dans tous les médias. Le Parquet de Paris ouvre une enquête préliminaire pour corruption et fraude fiscale impliquant le secrétaire d'État au Numérique. Lequel dément mais remet sa démission au président de la République, qui l'accepte. Des réseaux sociaux à la classe politique, tous s'insurgent. Les temps sont à la vindicte et rares sont ceux qui défendent la présomption d'innocence. C'est sans espoir, Louise le sait. Puisqu'il n'y a pas d'innocence.

Elle descend faire ses courses avec la crainte d'être insultée par un passant, un commerçant. C'est absurde, personne ou presque ne connaît son visage. Elle s'engouffre dans une supérette toujours déserte et tenue par un Chinois mutique. Puis elle va à la boulangerie et remonte chez elle. Son portable bloqué en mode silencieux semble pris de convulsions lumineuses tant les messages affluent. Elle ouvre le tiroir à couverts de la cuisine, y jette son téléphone, referme le tiroir.

Elle va s'asseoir pour travailler. Au bout de dix minutes à regarder par la fenêtre, l'écran de l'ordinateur passe en veille. Elle l'active aussitôt en tapant sur une touche au hasard comme si voir le texte de son roman pouvait agir sur son esprit et lui rendre vie. Mais rien ne se produit. L'ordinateur s'éteint à nouveau, Louise le rallume, jette un œil sur les lettres qui ne signifient rien, observe la forme des nuages au-dessus de la ville, aperçoit dans une chambre de service de l'autre côté de la rue une jeune fille qui rêve en fumant une cigarette, pense aux différentes formes de solitude, se rappelle comme elle aimait autrefois ces moments où elle s'extrayait des autres pour réfléchir ou perdre son temps, et cette autre solitude qui n'a plus rien de doux mais qui est plus un gouffre sans fond. Ainsi passent les heures. C'est un jour blanc. Blanc comme la glace, le brouillard, le froid, l'angoisse, le silence. Un jour qui semble ne jamais vouloir finir. Des jours comme celui-ci, il y en aura d'autres.

Louise sursaute lorsque retentit la sonnette. Elle

hésite, puis va ouvrir la porte. Un livreur lui fait signer un reçu et lui donne un bouquet de fleurs. Une carte accompagne les roses magenta.

« Précision importante : je ne couche jamais avec mes clientes, ce que d'ailleurs tu n'es pas.

Sache que je suis là pour toi, en tant qu'ami. À toute heure du jour ou de la nuit. Et que j'ai vraiment envie de dîner avec toi.

Adrien »

Louise met les fleurs dans un vase qu'elle laisse dans l'évier. Elle retourne s'asseoir face à la fenêtre. Regarder le ciel est devenu sa principale occupation. Aujourd'hui, il se déploie dans des teintes de charbon aux reflets de soufre. Mais bientôt, à travers cette chape lourde et sale, elle ne perçoit plus qu'une vibration d'ombre. Des blocs sombres s'entrechoquent avec d'autres, bruns ou plus opalescents sans jamais atteindre une réelle luminosité. Elle se perd longuement dans cette observation. Sans doute faudrait-il appeler Adrien pour le remercier. Mais elle préfère s'abandonner au néant incertain et tragique des nuages. Elle veut oublier ce qui s'est produit entre eux la veille. Oublier qu'elle a perdu le contrôle de sa vie.

Elle laisse passer la journée. En fin d'après-midi, elle finit par envoyer un texto : « *Merci Adrien pour cette délicate attention. L.* » Un peu plus tard, on sonne à la porte. Certaine que c'est lui, elle reste immobile. On insiste. Elle reconnaît alors la voix de Laurence : « Louise, c'est moi ! Ouvre ! »

– J'étais folle d'inquiétude. Je t'ai appelée cinquante fois depuis hier, tu ne répondais pas.

– Désolée, j'ai laissé le téléphone dans un coin. Je ne sais d'ailleurs plus où.

– Ça va ? Tu as une mine épouvantable.

– …

– Tu as parlé à Adrien ?

– Adrien… ?

– Pour avoir son avis sur les derniers évènements. Magnifique, ce bouquet, dit Laurence en s'emparant du vase pour le poser sur la table. Et tu ne m'as pas raconté comment s'était passée l'audition au tribunal.

– Ça s'est passé…

– Tu devrais vraiment appeler Adrien.

– Je vais faire du thé.

– D'où viennent ces roses ?

– Earl Grey ou Ceylan ?

– Je suis indiscrète ?

– C'est Raphaël.

– Ton éditeur t'envoie des roses rouges ? Ah bon ? Je me suis demandé un instant si ce n'était pas plutôt notre jeune avocat.

Laurence fixe son amie de son regard sagace. Louise la repousse avec un rire embarrassé.

– Tu es infernale.

– Donc, je ne me suis pas trompée.

– Earl Grey ou Ceylan, tu ne m'as pas répondu ?

– Toi non plus !

– Arrête ! Je ne sais pas ce qui m'a pris. Tu me rendrais d'ailleurs service en me débarrassant de ces fleurs.

– Adrien est un grand garçon.

– Sérieusement, Laurence ! Ça fait des semaines que je n'ai pas écrit une ligne, ça me rend dingue. Je n'ose plus sortir de chez moi. Je vois mon portable comme un Alien prêt à me sauter dessus et à me dévorer de l'intérieur.

– Bon, on arrête les bêtises maintenant. Je confisque ton téléphone. Je t'en apporterai un autre demain, qui sera à mon nom et en numéro masqué que tu ne donneras qu'à Léo et à Raphaël, et de mon côté, je filtrerai ta ligne. Tu dois te reposer, reprendre du poids et l'écriture. Alors, il est où, ce portable ?

– Aucune idée.

Elles le cherchent pendant une demi-heure avant de le retrouver au milieu des couteaux.

– Je m'abstiens d'une remarque de psy sur le choix de cette planque ? interroge Laurence en riant.

– Pas digne d'une professionnelle de ton calibre, en effet.

– Et je ne te demande pas non plus si tu as eu des nouvelles du studio de Nathalie ?

– Non, tu ne me le demandes pas.

– Tu as visité des appartements ?

– L'autre jour, j'avais rendez-vous avec une agence qui devait m'en présenter plusieurs. Quand je suis arrivée, j'ai tout de suite compris que l'agent immobilier m'avait identifiée. Il a bafouillé quelques mots pour m'annoncer que l'appartement venait d'être loué au client précédent, que ce n'était plus la peine de monter le voir, et qu'il ne pouvait pas me montrer les autres comme prévu car il avait une urgence, mais qu'il me rappelait. Tu imagines ! Mon dossier est impossible. Personne ne souhaite avoir comme locataire quelqu'un portant le nom d'un homme corrompu menacé de prison.

– Tu t'appelles Voileret !

– Sur ma carte d'identité, je suis toujours Mme Dumont-Voileret. Et un petit tour sur Internet permet de constater à quel point je suis infréquentable.

– Si on s'échappait deux jours ? On est jeudi, c'est parfait. Je viens te chercher demain en fin d'après-midi et on passe le week-end du côté de Honfleur, ça fait une éternité que je n'y suis pas allée. Ça te dit ?

– Respirer l'air du large… Tu parles !

– Et j'aurai ton nouveau téléphone.

Laurence a trouvé un petit hôtel perdu dans la campagne. Elles arrivent le soir, commandent une bouteille de champagne, des club-sandwichs et regardent *Love Actually* affalées sur le lit. Laurence décide d'attendre le lendemain pour parler à Louise du message de Raphaël trouvé ce matin sur le portable qu'elle a confisqué. La rencontre avec la journaliste de *Elle* est programmée au 2 avril, dans à peine plus d'une semaine.

Il y a longtemps que plus personne ne se manifeste, mais Louise gardait malgré tout l'absurde espoir d'un signe amical. Maintenant, personne ne connaît son nouveau numéro, elle n'attend plus rien. Elle va s'effacer du monde comme on s'enfonce dans une jungle. Peut-être s'y perdra-t-elle. Elle deviendra inaccessible aux autres. Elle va basculer dans une dimension où sa propre existence se dissoudra peu à peu. Tel le sel dans l'eau, ne demeurera bientôt plus d'elle qu'une trace invisible. Insaisissable. « *Game over* », l'expression tourne en boucle dans son esprit. Mais, c'est aussi une libération. Avant l'affaire Pressinvest, elle était sollicitée par un flux ininterrompu de faux échanges, de fausses urgences, elle restait soumise à l'injonction de répondre instantanément à la moindre sollicitation. La voilà dégagée de toute contrainte. Elle peut redevenir Louise, pas l'auteure ni l'épouse, juste celle qui, enfant, rêvait les yeux ouverts, celle qui s'était toujours sentie « hors », « hors » les jeux de la cour de récréation, « hors » la frivolité des soirées en boîtes de nuit, « hors » son statut social de femme d'homme public. Mais à force d'efforts et d'habileté à se glisser dans le moule, à feindre l'aisance ou l'intérêt, elle avait perdu cette part secrète d'elle-même. Devenue injoignable, elle peut espérer se retrouver dans ces heures plus denses, reprendre le fil de ses pensées là où elle l'a perdu.

Le lendemain matin, les deux femmes se promènent sur la plage. Poussées par le vent, elles marchent longuement sans croiser personne. Un chien court à leur rencontre, tourne autour d'elles en aboyant, puis repart à toute vitesse vers une silhouette minuscule. La mer en se retirant découvre des coquillages et des algues luisantes et brunes. Par moments, le soleil transperce les nuages et joue sur l'écume des vagues. Au loin, la silhouette brumeuse du Havre s'étire en un trait flou. Louise plisse les yeux, éblouie par la lumière. Elle sent la brume iodée rafraîchir son visage. Elle a l'impression de se remettre à respirer, qu'enfin ses poumons se déploient et gonflent comme des ballons. Dès son retour à Paris, la sensation d'apnée la reprendra, elle le sait. Depuis des semaines, son horizon n'a cessé de se restreindre. Dans la capitale, les immeubles de part et d'autre des rues, les murs de son appartement, tout semble s'être resserré autour d'elle comme un étau. Mais dans l'instant, elle s'étourdit de tant d'espace et d'oxygène, elle profite de pouvoir poser son regard à perte de vue sans avoir à baisser la tête, de marcher librement et sans crainte, sans qu'aucun ne se détourne d'elle, ne la juge, ne la méprise.

En rentrant à l'hôtel, elle s'endort, comme ivre, sur le canapé.

Depuis quarante-huit heures, Laurence a vu s'accumuler de nombreux messages diffamatoires sur l'ancien portable de Louise. Elle n'imaginait pas un acharnement aussi soutenu. Pendant que son amie se reposait, elle a téléphoné à Adrien. Du point de vue juridique, lui a-t-il confirmé, on pouvait seulement déposer plainte pour harcèlement, même s'il n'y avait rien à en attendre, les messages étant impossibles à sourcer, il avait déjà vérifié, ou étant couverts par la liberté d'expression.

Laurence réveille Louise trois heures plus tard alors que le jour baisse. Elles vont dîner à Trouville. Elles discutent du rendez-vous avec *Elle*, de ce qu'il faudra dire, du ton à employer, de l'attitude à adopter face à la journaliste. Ni Louise ni Laurence ne sont certaines que l'interview suffise à endiguer le déferlement, mais de ça, elles ne parlent pas. Elles savent que, dans une guerre, il faut avancer pas à pas, jour après jour. Chaque seconde de vie supplémentaire est une victoire. Penser au-delà est inutile.

Le dimanche, Louise se réveille un peu reposée. Laurence a ce pouvoir sur elle. Sa présence l'apaise. Louise profite de ce bref répit pour faire ce qu'elle repousse depuis cinq jours, depuis l'ouverture de l'enquête à l'encontre de Philippe. Après le petit-déjeuner, elle fait quelques pas dehors, s'assied sur un banc et téléphone à son ex-mari.

– Oui…, répond-il d'une voix éteinte.

– Bonjour, Philippe. Je voulais prendre des nouvelles.

– Ton fameux sens de l'humour !

– J'aimerais bien, mais je ne suis pas d'humeur.

– Dommage… Qu'est-ce que tu veux ?

– Je vais appeler Léo, mais avant je voulais savoir si tu lui avais finalement parlé ?

– Non.

– Je n'ai même plus l'énergie de te dire ce que je pense de ta lâcheté et de ton irresponsabilité. Tu es conscient tout de même qu'on doit être à ses côtés, qu'on doit l'aider à absorber le choc. C'est la seule chose qu'on peut faire. Qu'on doit faire.

– … Qu'est-ce que tu vas lui raconter ?

– Il a dû apprendre ton départ du gouvernement et tes ennuis judiciaires, mais on ne peut pas le laisser à l'autre bout du monde sans en discuter avec lui.

– …

– Philippe, tu es là ?

– Je te laisse faire. De toute façon, tu as toujours été plus douée que moi pour ça. Salut.

Il raccroche. Elle reste incrédule face à tant de légèreté. Au fond, Philippe se moque de sa famille. Elle prend une grande inspiration et compose le numéro de Léo. Ses mains sont glacées. Ses mains et tout son corps.

– Bonjour l'Australien. Comment vas-tu ?

– Ça va. J'ai vu que la justice ouvrait une enquête contre papa.

– Les choses suivent leur cours. Ça va durer longtemps. On doit s'habituer à vivre avec.

– Tu y arrives ? J'ai vu que le défoulement sur les réseaux continuait.

Elle devine que Léo a vu le photomontage pornographique.

– Ils finiront bien par se calmer. Mais je m'inquiète pour toi. Tu es bien entouré ?

– Oui, mes amis sont adorables. De toute façon, à part eux, personne n'est au courant. C'est l'avantage de porter un nom aussi banal. Des Dumont, il y en a tellement, ça passe facilement inaperçu, surtout ici. Papa, comment va-t-il ?

– On vient d'échanger trois mots. Il s'est empressé de raccrocher.

– Moi, il ne me prend pas du tout, alors tu vois !

– Il se sent sûrement honteux.

En réponse, Léo lâche un rire désabusé. À cet instant, Louise voudrait être près de lui, le prendre dans ses bras comme lorsqu'il avait cinq ans et qu'elle savait dissiper le moindre de ses chagrins d'une caresse, d'un jeu, d'une pluie de baisers, d'une histoire qu'elle inventait pour lui, juste pour lui changer les idées. Elle chasse cette pulsion archaïque et stupide.

– Ton stage se passe toujours bien ?

– Oui. Ils proposent de m'engager. Je repousserais mon master d'une année. Mais je ne crois pas que je vais accepter. Je préfère en finir avec les études.

– Tu as vingt et un ans ! Tu as tout le temps.

– Tu tiens vraiment à te débarrasser de moi, on dirait !

– Idiot ! Simplement, je ne voudrais pas que tu te dépêches de rentrer pour de mauvaises raisons.

– Bien sûr. Je dois leur donner une réponse d'ici la semaine prochaine. Je te tiendrai au courant. Prends soin de toi. Je t'embrasse.

– Moi aussi.

Vers midi, Laurence et Louise s'installent à la terrasse d'une crêperie sur le port de Honfleur. Devant elles, les bateaux de pêche de toutes les couleurs ballottent sous un pâle soleil. Louise touche à peine à sa galette. Laurence feint de ne pas s'en apercevoir. Elle lui fait remarquer un groupe de jeunes filles habillées trop légèrement qui rient fort et semblent prêtes à dévorer le monde, même si leur monde se résume à quelques rues d'une petite ville de bord de mer. En les regardant déambuler, Laurence rappelle à Louise l'été de leurs vingt ans qui avait scellé le début de leur amitié. Elles aussi croyaient alors que la vie allait tout leur offrir. D'une certaine façon, elles ne s'étaient pas trompées, elles avaient été gâtées. Professionnellement, chacune avait atteint son rêve, d'aussi près que possible. Pour le reste, Laurence était toujours amoureuse de son mari, et même Louise, dont le parcours s'inscrivait davantage en demi-teinte, ne pouvait décemment pas se plaindre. Pour que disparaisse le voile dans le regard de Louise, Laurence évoque l'appartement où elles s'étaient installées ensemble. Une nuit, les voisins avaient dû appeler la police pour déloger le garçon qui déclamait sous leurs fenêtres des poèmes adressés à Louise : « Comment s'appelait-il déjà ? » Elle se souvient des soirées où Louise la suivait pour lui faire plaisir mais d'où elle s'éclipsait presque toujours bien avant la fin : « Où disparaissais-tu ? » Elle se souvient du tour d'Italie qu'elles avaient fait en stop l'été suivant. Une nuit où elles dormaient sur une plage, elles avaient pris un tronc d'arbre échoué sur le rivage pour un crocodile et en avaient ri jusqu'aux lueurs de l'aube. Laurence se perd en détails pour essayer de retenir l'attention de son amie. Mais Louise ne l'écoute plus vraiment. Son esprit s'est envolé vers les antipodes où Léo n'ignore rien de ses humiliations.

Laurence quitte l'autoroute de l'Ouest et rejoint les petites routes pour échapper aux embouteillages du retour de week-end vers Paris. Louise n'a pratiquement pas dit un mot depuis qu'elles ont quitté la côte normande. Son regard coule sur la campagne délavée par la bruine. Elles traversent un village aux portes et aux rideaux tirés. À la sortie, dans un virage, Louise aperçoit au milieu d'un terrain vague un chien jaune au pelage mité. Queue et tête basses, il tourne sur lui-même puis se couche au milieu des détritus. Elle devine qu'il a dû être un chiot doux à caresser avec lequel les enfants attendris ont aimé jouer. Ça n'a pas duré. Avant d'avoir atteint sa taille adulte, dès que son poil est devenu rêche et sale, les enfants s'en sont détournés. Le bâtard a choisi cette décharge pour laisser glisser son existence. Louise ferme les yeux, la gorge nouée. Elle y pense encore lorsque Laurence la dépose rue Lamarck, et qu'elle retrouve son meublé. Leur promenade sur la plage semble déjà un lointain souvenir. Elle aurait voulu rester dans leur bulle face à la mer ou dans la chambre douillette, elle aurait voulu se réveiller et découvrir que les derniers mois n'étaient qu'un méchant rêve, elle aurait voulu perdre la mémoire, elle aurait voulu avoir le pouvoir de modifier le cours des choses, elle aurait voulu… Mais tout ça, c'était avant. À présent, elle ne veut plus rien. Vouloir est une énergie. Et l'énergie s'est évaporée.

Louise vient de terminer l'interview pour *Elle* et quitte à pied la rue Lamarck. Besoin d'air. Besoin de marcher, anonyme parmi les passants, de ne plus être celle qui doit se justifier, expliquer, se défendre. Les mots échangés avec la journaliste s'embrouillent dans son esprit et se bousculent sans la moindre cohérence. Elle n'est plus capable de distinguer les questions des réponses, ni d'ajuster les unes avec les autres. Ne demeure qu'un magma verbal auquel la voix de la jeune femme, par son flux doucereux et calme, confère une indiscutable note menaçante.

Dès qu'elle arrive chez Laurence, François ouvre une bouteille de champagne et sert trois coupes. Louise y trempe les lèvres. L'aigreur du vin l'écœure aussitôt. Mais c'est le goût de l'angoisse. L'angoisse d'avoir mal répondu, trop répondu, pas assez, d'avoir raté l'examen, d'avoir cru à tort, sinon à la bienveillance de l'intervieweuse, du moins à son impartialité. Avant de se retrouver dans son minuscule salon avec les deux envoyés de *Elle*, Louise avait feint de croire que l'entretien allait effacer les mois passés, qu'il lui suffirait de s'exprimer pour recouvrer son innocence, sa légitimité d'auteur et sa capacité d'écriture. Mais elle mesure son erreur. Romancière, elle avait jusque-là compté sur un mélange d'inconscience et d'enthousiasme. Elle s'était employée à oublier que personne n'attendait ses livres et que tant d'autres en avaient écrit de bien meilleurs, de plus brillants, tout en se laissant porter par l'évidence de son désir à s'emparer des mots pour les plier à son seul plaisir. Mais après l'implosion des derniers mois, elle n'est pas certaine de savoir recoller les morceaux. Pas sûre de retrouver cette légèreté. L'écriture est une mécanique fragile.

D'abord, il a fallu poser devant le photographe. Jamais le deux-pièces ne lui a semblé si exigu. Pendant la prise de vue, la journaliste faisait semblant de relire ses notes. Mais Louise la sentait qui observait la moindre de ses attitudes. Face à l'objectif, elle a tenté d'afficher un air serein, de ne rien laisser paraître de sa déroute. Elle a lutté pour ne pas se recroqueviller sur elle-même. Se redresser a été une souffrance physique. Pour garder les épaules droites et la tête haute, elle a contracté ses muscles jusqu'aux crampes. Puis elle a essayé de chasser de son regard les ombres qu'elle surprend désormais dans le reflet de chaque miroir. Elle sait le pouvoir d'une image. L'expression de son visage imprimé dans le magazine vaudra tous les discours, tous les démentis. Il fera d'elle une innocente ou une coupable. Elle s'est appliquée à paraître sûre d'elle comme les gens honnêtes, à exprimer par son corps à quel point elle n'a rien à se reprocher. Mais elle a tant à se reprocher. Elle est restée vingt-trois ans avec un homme corrompu, et peu importe s'il ne l'a pas toujours été, si le temps a passé, et si c'était dans une autre vie. Elle l'a quitté, mais elle a détourné la tête quand elle aurait dû voir que le pouvoir l'aspirait dans un irréversible sentiment d'impunité. Après être partie, elle s'est crue imperméable aux forfaitures de Philippe. Mais la malhonnêteté de celui-ci l'a rattrapée jusque dans leur séparation. Tout à l'heure, elle l'a sentie ruisseler en sueur dans son cou, entre ses seins, dans son dos pendant que le photographe tournait autour d'elle. Heureusement qu'il n'a exigé aucun sourire et s'est éclipsé sitôt son travail accompli. Puis il a fallu répondre à la journaliste, une jeune femme au regard vif, bien élevée, maquillée juste comme il faut, sûrement diplômée de Sciences Po. Louise les reconnaît à leur assurance policée. Avec eux, impossible de déceler l'orientation qu'ils donneront à leur article. Il ne faut se fier ni à leur sourire ni même à leur froideur. En écoutant tomber chaque nouvelle question, Louise a tenté d'évaluer la possibilité du piège. Pour y répondre, elle a mesuré ses paroles, contrôlé ses intonations, son débit, tout en espérant paraître naturelle. Pourtant elle a eu l'impression d'avancer sur une corniche étroite au-dessus d'un abîme. Chaque mot contenait la possibilité de tomber davantage. Une seule mauvaise réponse pouvait précipiter sa disgrâce. Il lui a semblé que ça ne finirait jamais.

Pendant le dîner, Louise est incapable de raconter l'entretien ni de participer à la conversation. Alors, François parle de la musique qu'il compose dans un esprit Pink Floyd époque *The Dark Side of the Moon*. Laurence se souvient, à six ans, d'avoir vu ses parents danser un interminable slow sur cet album tout un dimanche après-midi. Elle avait trouvé ça bizarre et excitant. François se lève pour chercher la maquette et la faire écouter à Louise. Il ne la trouve pas. « Une prochaine fois », dit-il en se rasseyant. Puis le couple enchaîne les banalités avec une bonne volonté attendrissante. À eux deux, ils se démènent pour détendre l'atmosphère.

À peine le repas terminé, Louise s'endort sur le canapé. Elle se réveille en sursaut. Il est deux heures du matin. Tout est éteint dans l'appartement. Une sirène de police brise le silence. Elle repense à l'interview. Il a été question de sa complicité avec Philippe, de sa relation avec Bergot, de l'intérêt qu'elle aurait eu dans cette affaire. Mais Louise est incapable de savoir ce qu'elle a répondu et ce qu'a pu en retenir la journaliste. Les mots reviennent à son esprit dans une totale confusion, ils tournoient puis se dérobent avant même d'avoir pu s'assembler dans une suite cohérente. La lueur blême qui se répand dans le salon donne à chaque objet un aspect lugubre, rappelant à Louise ses peurs d'enfant. Elle ferme les yeux, se concentre et reprend la rencontre par le début pour tenter de rattraper le fil de leurs échanges et voir ce qui risque de se retourner contre elle. Mais sa mémoire se perd dans la nuit. La fatigue, sans doute. Elle doit dormir. Ça ira mieux demain, pense-t-elle.

Les heures défilent.

Lorsque le couple se réveille, Louise a quitté l'appartement.

Au kiosque à journaux de la place de Clichy, elle regarde les magazines étrangers, feuillette un journal allemand, s'attarde sur une page. Elle le paye et repart d'un pas décidé vers la rue Lamarck. L'idée a surgi vers quatre heures du matin chez Laurence.

Elle allume son ordinateur, cherche le site dont elle a vu les publicités plutôt sympathiques, tape un prénom, répond à quelques questions – ne fume pas, vit à Paris, divorcée… rien d'impliquant. Elle ouvre le magazine allemand et fait avec son portable une photo de la page qui l'intéresse, recadre rapidement l'image et l'envoie en complément de sa fiche. Puis elle tape le numéro de sa carte bancaire, 39,99 € pour un mois, et valide d'un clic. Elle n'attend pas dix minutes avant de recevoir le premier message.

« Vous avez un regard très coquin. Que de promesses ! Ne me faites pas attendre. Robert. »

Louise vérifie la photo qu'elle a postée, celle d'une femme élégante illustrant une publicité pour des assurances obsèques germaniques. Portrait sans le moindre attrait sexuel même si le modèle est souriant. Adieu Robert.

« Bonjour, moi, c'est Pierre, on peut échanger. »

Celui-ci a choisi un selfie pris dans sa voiture, sans sourire, sanglé par sa ceinture de sécurité et en contre-plongée, ce qui désavantagerait même Paul Newman ou Brad Pitt. Étrangement, des photos similaires, Louise en verra défiler un certain nombre. Quelques minutes plus tard, arrive un nouveau message :

« Bonjour, Roxane. Quel joli prénom et quel joli sourire. Marc. »

Un autre :

« J'adore votre regard, il me rappelle mon amour de jeunesse. Il ne tient qu'à vous de prolonger ce bonheur empreint de nostalgie… ! Arthur. »

Arthur est un romantique, Louise préfère d'abord répondre à Marc.

« Merci pour vos compliments, Marc. Je démarre à l'instant cette expérience et j'en ignore les usages. Peut-être pouvez-vous m'aider ? Roxane. »

La réponse ne tarde pas :

« Avec plaisir. Je me suis inscrit il y a quinze jours. Avec un certain trac pour être honnête. Mais je me suis vite aperçu que personne n'allait me manger. Oubliez que vous êtes sur un site de rencontres, échangez comme si vous aviez croisé quelqu'un chez des amis et voyez où ça mène. En ce qui me concerne, je n'ai encore fait aucune rencontre intéressante. Marc. »

Sur la photo, le sexagénaire ressemble à ces chiens à la gueule écrasée et au regard attendrissant.

« Coucou, Roxane. J'aimerais faire votre connaissance. Étienne. »

Louise a toujours trouvé cette expression parfaitement ringarde. Le « coucou » d'Étienne part à la poubelle.

« Marc, je peux vous demander ce que vous faites de vos journées ? Roxane. »

« Bien sûr. Je m'élance. (Ça me rappelle ce dessin animé des *Looney Tunes* dans lequel Daffy Duck déclare fièrement : "Je m'élance et je vole !" en se jetant dans le vide accroché à une liane tel Tarzan et s'encastre violemment dans une succession d'arbres.) Je m'élance donc moi aussi en espérant rester aussi digne que Daffy face aux obstacles ! Pour répondre à votre question, je suis, enfin, j'étais maquettiste jusqu'à l'année dernière. J'ai travaillé pour des grosses entreprises, principalement dans l'industrie. On se rêve artiste et on termine graphiste ! Mais aujourd'hui, je reprends crayons et pinceaux. Marc. »

« Je me rappelle tout à fait ce *cartoon*, je l'ai vu je ne sais combien de fois avec mon fils quand il était petit. Roxane. »

« Et vous, que faites-vous ? »

« Je suis paysagiste. »

Louise ne voit pas passer la matinée. Pendant ces quelques échanges, des notifications apparaissaient et disparaissaient en haut de son écran telles d'éphémères bulles de savon lui signalant chaque nouvelle visite sur son profil. En fin de journée, cent vingt-six inconnus auront consulté le profil de Roxane. Ils auront trouvé la photo d'une blonde avenante et auront appris qu'elle mesure un mètre soixante-dix, que sa silhouette est normale, qu'elle est divorcée, qu'elle a un enfant et, puisqu'il fallait un préambule, ils auront pu lire cette phrase de Bernanos piochée à la va-vite dans un recueil de citations que Louise a trouvé parmi les cinq livres égarés dans la bibliothèque Ikea de l'appartement : « L'espérance est un risque à courir. » C'est pauvre. Pourtant, ils s'agitent comme des guêpes autour d'un pot de confiture. Étrange impression que d'être un objet de convoitise virtuel, d'autant plus qu'elle n'a aucune intention de se faire manger. Roxane n'existe pas, et il n'est pas certain que Marc ou Arthur existent davantage. Mais il suffit d'un ordinateur pour délivrer vérités ou mensonges à n'importe qui. Ces individus prêts à s'emballer pour un mirage sont-ils si seuls ? Ou sont-ils joueurs ? Au fond, peu importe. Pour elle, l'idée est d'oublier Louise. De s'extirper de sa réalité. De ne plus être la femme de l'homme qui fait l'actualité, celle dont on se détourne. De disparaître derrière un personnage. Après tout, inventer des personnages, c'est ce qu'elle a toujours fait. Elle ne peut plus voir défiler les heures et les jours sans parler à personne. Elle a besoin de croire qu'elle peut encore se mêler au monde.

Le soir, Marc lui envoie :

« Bonne nuit, Roxane. »

Elle se couche sans répondre et dort d'une traite.

Le lendemain matin, elle prend son café, allume son ordinateur et découvre une vingtaine de nouveaux messages, tous sans intérêt. Le marché des célibataires est ouvert vingt-quatre heures sur vingt-quatre. Puis elle se décide à écrire au romantique Arthur.

« Bonjour, Arthur. Rien ne peut rivaliser avec les amours de jeunesse puisqu'ils sont vierges de toute expérience de déception. Mais merci pour votre message. Roxane. »

Il répond à l'heure du déjeuner :

« Quel bonheur d'avoir de vos nouvelles. Je dois avouer qu'après vous avoir écrit hier, j'ai mieux observé votre portrait. En fait, la ressemblance avec Catherine n'est pas frappante. Que diriez-vous d'une conversation téléphonique ? Pour le plaisir de découvrir votre voix. »

Louise hésite. Elle se sent protégée par l'écrit. Elle finit par répondre :

« Je suis à l'étranger avec peu de réseau. Nous pouvons nous téléphoner demain en fin de journée. »

« Parfait. Appelez-moi au 06 22 90 15 34. Vous êtes en vacances ? »

« Non, je fais un jardin en Italie, je suis paysagiste. »

« Ma femme était fleuriste ! Quelle coïncidence, décidément ! Je suis veuf depuis deux ans. Vous aussi avez la tête dans les roses alors ? Isabelle les adorait. »

Louise ne donnera pas suite. Elle laissera Arthur à ses nostalgies successives.

Les informations dans l'enquête visant M. Dumont fuitent en cascade : le nom de la banque détenant le compte offshore, les dates des rendez-vous sur place, le détail des perquisitions faites à l'appartement ou au ministère, la déclaration fiscale de Philippe, ses relations avec Bergot, avec l'ancien propriétaire de Pressinvest, et même les cadeaux faits à Mathilde Perrier. L'incontinence s'est emparée des journaux, des ondes radiophoniques, des chaînes de télé. Certains, peu nombreux, s'élèvent contre le non-respect de la présomption d'innocence et du secret de l'instruction, ce qui ne modifie en rien l'empressement des médias à commenter chaque nouvelle révélation. Même en se bouchant les yeux et les oreilles, Louise ne peut y échapper.

Puis Philippe est placé en garde à vue.

Le même jour, une photo de Louise et Adrien s'embrassant sous la pluie commence à circuler sur les réseaux sociaux. Mais elle l'ignore encore.

Au bout des quarante-huit heures de garde à vue, Philippe est mis en examen. Il a tout reconnu : l'appui apporté à Bergot dans le rachat de Pressinvest, l'argent reçu, le compte à la Caribbean Trust Bank. Son avocat fait une déclaration aux journalistes pour exprimer les regrets de son client tout en affirmant que, hormis ce dérapage, la probité de M. Dumont a toujours été entière. Il ajoute que son client est psychiquement très éprouvé et s'exprimera dès qu'il aura repris des forces. En entendant ces propos à la radio, Louise hoquette de consternation.

Marc se manifeste toujours avec délicatesse. Il l'invite à prendre un thé pour faire connaissance, et Louise aimerait quitter l'appartement pour discuter légèrement avec cet homme apparemment sensible et cultivé. Mais elle prétend être en déplacement pour son travail.

Ils en sont là. Elle ne veut pas lui donner de faux espoirs même si elle espère ses messages. Ils sont une bouffée d'air dans l'enchaînement des heures silencieuses. Quelques mots arrivent sur son portable demandant si elle a vu l'exposition Hammershøi, lui racontant qu'il n'aime pas les fleurs coupées et que ses préférées sont celles des pommiers, ou qu'il vient de relire *Lettre d'une inconnue* et avait oublié à quel point ce roman était merveilleux. Dans une autre vie, Louise pourrait l'avoir comme ami. Mais elle ne le rencontrera jamais. Marc ne la reconnaîtrait pas. Il croit s'adresser à une paysagiste au regard clair, et ignore discuter avec une romancière en disgrâce qui utilise ce site de rencontres pour ne pas sombrer dans la folie. Louise n'est même pas certaine de lui parler un jour au téléphone, il faudrait s'enfoncer encore plus loin dans les mensonges. Mais elle vit au jour le jour, et tenir jusqu'au soir lui semble déjà héroïque. Alors, tant que ça dure, elle entretient à petit feu cette conversation écrite dont l'insignifiance l'aide à supporter son isolement.

Le lendemain en descendant faire ses courses, elle ouvre la porte cochère et aperçoit deux paparazzis postés sur le trottoir d'en face. Ils vérifient le réglage de leurs appareils photo et ne l'ont pas vue. Elle recule aussitôt à l'intérieur, remonte chez elle et regarde par la fenêtre. Ils fixent l'entrée de l'immeuble. Leur mission ne doit pas les passionner, mais dès qu'elle mettra un pied dehors, ils la mitrailleront.

En fin d'après-midi, les deux hommes sont toujours là. Laurence arrive rue Lamarck en voiture, ralentit, s'arrête quelques secondes à la hauteur du numéro 27, le temps pour Louise de sortir pliée en deux et de s'engouffrer à l'arrière du véhicule. Laurence redémarre. Elles devraient exploser de rire, mais aucune n'a le cœur à plaisanter.

Louise se cloître chez ses amis. Personne ne sait qu'elle est là, pourtant elle évite de passer près des fenêtres. Laurence retourne rue Lamarck chercher quelques vêtements et l'ordinateur de Louise qu'elle n'allumera pas.

Léo appelle. Il a parlé à son père depuis sa sortie de garde à vue, dit-il. Au ton de sa voix, Louise perçoit un embarras.

– Qu'est-ce qui se passe, Léo ?

– Tu ne regardes plus les réseaux ?

– Non.

– Tu n'as donc pas vu la dernière photo et les commentaires qui l'accompagnent ?

– Non. Dis-moi.

– … Tu aurais une histoire avec ton avocat…

– Pardon ?

– La photo est assez explicite.

– Qu'est-ce qu'on y voit ?

– Toi dans les bras d'un jeune homme. Je te laisse imaginer les nouveaux développements sur ton opportunisme.

Louise n'en revient pas. Une seule fois, un baiser, il pleuvait à torrent, la rue semblait déserte et c'était avant l'arrivée des paparazzis. Mais il se trouvait quelqu'un, un voisin bien intentionné sûrement, pour immortaliser l'instant.

– Il n'y a aucune histoire. Il m'a conseillée avant mon audition… J'ai eu un moment d'égarement, rien de plus. Excuse-moi, Léo. Pour tout. C'est tellement gênant !

– Tu n'as aucun compte à rendre, ni à moi ni à personne. Tu fais ce que tu veux de ta vie privée. Je suis juste triste de voir qu'on ne te fiche pas la paix.

– Mais je n'ai aucune vie privée… Comment as-tu trouvé ton père ?

– Il s'est mis à pleurer.

– Décidément. Toi dans tout ça, comment vas-tu ?

– Avec un copain on a eu une idée de start-up. On travaille dessus. Je t'expliquerai quand je serai à Paris.

– Ça sera bon de te retrouver.

Après cette conversation, Louise ne dort pratiquement plus. Les jours passent. Rien ne semble pouvoir la tirer de sa torpeur. Elle a perdu cette force qui fait mettre un pied ferme par terre le matin, qui donne envie d'accomplir certaines choses, écrire dans son cas, aller acheter des fleurs, rire avec une amie, profiter d'un bain chaud, goûter un bon vin. Elle est arrivée à ce point où rien n'a plus goût ni saveur. Sa vie telle qu'elle est devenue ne l'intéresse plus. Elle résiste un peu, se dit que le calme reviendra. Mais ce ne sont que des mots.

Lorsque Laurence rentre de son cabinet, elle trouve Louise assise sur le canapé, le regard perdu, un vague sourire aux lèvres. Laurence n'évoque pas les nombreux messages d'Adrien arrivés sur son ancien portable qui propose de la voir. Elle lui dit seulement qu'il a déposé une plainte contre X suite à la diffusion du cliché de leur baiser. Mais Laurence ne sait plus distraire Louise. Elle ne sait que maintenir autour d'elle une bulle protectrice et silencieuse.

Le quinze avril, Notre-Dame s'enflamme. Louise ne mesure pas immédiatement le répit dont elle va profiter. L'incendie de la cathédrale détourne l'attention des médias sur ces milliardaires qui annoncent pour sa reconstruction des dons par centaines de millions d'euros. Les réseaux sociaux, relayés par la presse, les accusent de profiter de la catastrophe pour soustraire au fisc une part de leurs bénéfices tout en redorant leur image. Les donateurs réfutent en bloc tout opportunisme et promettent de ne pas défiscaliser leurs dons. Louise n'arrive pas à s'intéresser à la polémique, mais pendant quelques jours les Dumont disparaissent un peu des écrans radar. Surtout les antidépresseurs que Laurence lui a donnés commencent à produire leurs effets. Au bout d'une semaine, elle tente quelques pas dehors. D'abord, tôt le matin et en évitant les rues commerçantes. Puis elle s'enhardit et s'aventure jusqu'au parc Monceau. Elle arpente les allées les moins fréquentées, se repose quelques instants sur un banc à l'ombre des arbres pour sentir l'air du printemps, voir les feuilles des marronniers d'un vert tendre et éphémère, pour écouter le chant des oiseaux. Personne ne la remarque. Elle a appris à échapper aux regards.

Fin avril, les paparazzis ont quitté la place. Louise rentre rue Lamarck. Elle a repris un peu de forces. Chaque jour, décidée à achever son roman, elle s'assoit face à son ordinateur, l'allume, se relève pour aller chercher un verre d'eau, se rassoit, retrouve la page où elle s'est arrêtée la veille, change un mot, une virgule, relit le paragraphe rectifié, déplace un adjectif, le supprime, va ouvrir ou fermer la fenêtre, supprime une phrase, la remet, la raccourcit, et les heures passent. Elle n'avance pas. Les mots sont des taches noires sur l'écran lumineux. Elle observe le texte comme elle regarderait des lignes d'équations mathématiques. Son esprit n'est pas ailleurs. Il est absent. Depuis le retour de Honfleur, elle revoit souvent le chien jaune au milieu de sa décharge. Chaque fois, elle chasse l'image. Mais le bâtard est tapi dans un coin de son esprit, tournant sur lui-même à se renifler le cul puisqu'il faut bien s'occuper un peu, se levant puisqu'il faut se nourrir, pisser et se dégourdir les pattes, puis se recouchant et se levant de nouveau parce que tant que le sang court, il en est ainsi. Elle aussi est prise dans cette danse lente et solitaire. Elle aussi tourne sur elle-même sans la moindre ivresse. Elle aussi s'est acclimatée à son exil. Le meublé de la rue Lamarck est un terrain neutre qu'elle n'investit pas, qui ne l'intéresse pas. Il suffit qu'il y ait un lit, une douche, un réfrigérateur, du gaz pour faire chauffer l'eau, cuire des pâtes ou des légumes. L'idée d'un appartement où elle préparerait une chambre pour Léo et installerait son bureau n'existe plus. Elle dort toujours du même côté du lit, tournée vers la salle de bains. La journée, elle ne s'assied jamais sur le canapé trop mou. Elle préfère la chaise près de la fenêtre, devant la table où elle prend ses repas et essaie de travailler. Les fauves, dans les espaces clos où ils sont maintenus, empruntent toujours le même parcours jusqu'à creuser le sol comme si l'enfermement les contraignait à réduire encore davantage leur champ d'action. D'un pas ralenti, ils se traînent de leur tanière à l'endroit où on jette leur nourriture, suivant indéfiniment leurs propres traces. Dans cette prison à ciel ouvert, ils perdent leur instinct de chasseurs. Ils perdent tout désir. Comme le chien jaune et comme Louise. Mais elle se tient à sa discipline. À force d'obstination, se dit-elle, il en sortira bien quelque chose. Elle doit écrire de nouveau, terminer ce livre. Elle doit redevenir une mère fiable, solide. Elle doit retrouver son identité.

« Une relation amicale, c'est bien aussi », écrit Marc à Roxane. Il imagine sans doute qu'elle repousse leur rencontre à cause d'un chagrin d'amour dont elle ne se remet pas, ou qu'il ne lui plaît pas, même si elle ne connaît de lui qu'une photo. Louise n'a pas envie d'interrompre leur conversation. Mais elle lui a menti sur tout, depuis le premier message. Rien n'existe. Alors, elle cesse de lui répondre. Et efface le profil de Roxane du site.

– Bonjour, Louise. Mon auteur préféré m'a laissé tomber, on dirait. Comment vas-tu ?

– J'ai eu un petit passage à vide mais ça va mieux. Je suis contente de t'entendre.

– Il faut qu'on se voie. Je t'emmène déjeuner demain. Dis-moi où je passe te prendre ?

– … Je n'arrive plus à écrire, Raphaël.

– J'avais compris. C'est bien pour ça qu'on va se voir.

– Rue Lamarck dans le dix-huitième. Au 27.

– J'y serai à une heure moins le quart.

Raphaël l'emmène dans un restaurant pour touristes de la butte Montmartre. « Ici, on sera tranquilles », dit-il. Décidément, elle aime cet homme. Le quartier de Montparnasse où se trouve sa maison d'édition grouille d'éditeurs, de journalistes et d'auteurs qu'elle ne veut pas croiser. Ici, il n'y a que des Japonais. L'idée de s'installer à Tokyo lui traverse l'esprit alors que Raphaël évoque les livres qu'il éditera à la rentrée. Elle sort de ses rêveries en l'entendant annoncer qu'il prévoit de publier le sien en janvier, à condition qu'elle se décide à lui remettre le texte. Puis il change de sujet.

– Que fais-tu de tes journées ?

– Je suis allée faire un tour sur un site de rencontres.

– Pour ton prochain roman ?

– Non. Bien qu'il y ait un sujet. C'est étrange, beaucoup de ces hommes à la recherche d'une compagne se présentent sous un jour sinistre. Passé cinquante ans, le sourire, ou du moins un air aimable, devrait pourtant être une obligation. Et tu n'imagines pas tous ceux qui privilégient le selfie en contre-plongée pris dans leur voiture. Toujours très flatteur ! D'un point de vue psychanalytique, ça doit signifier quelque chose, non ?

– Il faudrait voir si les femmes se mettent en scène dans leur cuisine ?

– Mais qu'est-ce qui leur passe dans la tête ? Ils se disent, « Tiens, je vais me prendre au volant de ma Twingo, ça va être chouette » ? Ils ont juste l'air ahuris.

– Je vois que tu t'amuses bien.

– On a les distractions qu'on peut.

Ce moment avec Raphaël est une bouffée d'air. À part Laurence et François, elle n'a croisé personne depuis des semaines.

– Le papier dans *Elle* sort demain, l'informe-t-il.

Louise a donné cette interview il y a un mois. Elle n'a plus aucune idée de ce qu'elle a pu raconter à la journaliste et n'en espère rien. De leurs échanges, elle ne garde en souvenir que la raideur de sa nuque, la crispation de ses mâchoires, la sueur froide qui coulait dans son dos et la sensation de la laine collant à sa peau. Elle n'a retenu qu'un sentiment asphyxiant de culpabilité. Depuis, elle y pense le jour, la nuit. Dès son réveil. Face à son texte. Quand son regard s'évade par-dessus les toits de Paris. Quand elle marche dans les rues. Sous la douche. Pendant ses insomnies. Mais plus elle force sa mémoire, plus son esprit s'embrouille et plus les réponses qu'elle a faites lui échappent et s'enfoncent dans les profondeurs de sa conscience. Alors, elle se demande s'il faut considérer cette parution comme une délivrance ou comme son arrêt de mort. Elle ne parle pas de son amnésie ni de ses angoisses à Raphaël. Elle lui sourit, l'écoute, essaie de faire bonne figure, invente n'importe quelle fin pour son roman, persuadée qu'elle n'en retiendra aucune. Son unique certitude est que rien ne sera jamais plus comme avant, qu'elle demeurera l'épouse d'un homme corrompu qui a trahi les Français. Aux yeux de tous ou presque, elle restera celle qui savait et qui a profité du système, du moins flottera la suspicion. Elle ne retrouvera ni les amis perdus ni son innocence. Aucun article n'effacera ce qui s'est passé. La calomnie est une peine à perpétuité. Mais au fil du temps, tels les nuages qui se tordent, s'étirent lentement au gré des vents et s'évaporent, le déshonneur se dissipera. Ne restera alors plus qu'un vague doute, une vapeur faite de commisération et de mépris. Elle pourra reprendre une vie normale, tranquille. Juste plus solitaire et désabusée.

Laurence appelle, folle d'excitation. Après deux mois de silence, Nathalie vient de laisser un message sur l'ancien portable de Louise. Elle la félicite pour l'interview dans *Elle* : « Formidable ! Quand est-ce qu'on se voit ? Ça fait trop longtemps. J'imagine que tu n'en as plus besoin, mais je viens enfin de récupérer mon studio. Rappelle-moi vite. » Laurence n'a pas encore eu le temps de s'arrêter au kiosque, mais la réapparition de Nathalie, claironne-t-elle, signifie que Louise a gagné. Peut-être pas la guerre, mais au moins cette première bataille.

Louise sent quelque chose qui se relâche. Elle attrape sa veste et claque derrière elle la porte de l'appartement. Dans l'ascenseur, elle est prise d'un éblouissement. Des phrases entières lui reviennent soudainement à l'esprit. Les siennes, celles dont elle essaie de se souvenir depuis des semaines.

« Jusque-là, je ne me suis jamais exprimée sur ma vie privée mais dans un monde d'hypercommunication, la discrétion n'est plus une option, et garder le silence reviendrait à pratiquer la politique de l'autruche. D'abord, je tiens à préciser que je ne suis plus l'épouse de M. Dumont. Ensuite et surtout, je veux dénoncer une discrimination insidieuse dont les femmes sont victimes. À l'heure où les violences telles que le harcèlement sexuel ou les féminicides sont enfin reconnues, il en demeure une moins criminelle mais beaucoup plus répandue qui consiste à dénier aux femmes une identité à part entière… »

Elle s'élance dans la rue. Le brouillard dans lequel elle évolue depuis des semaines se dissipe enfin. Sa mémoire retrouve toute son acuité. Chaque phrase, chaque mot s'ordonne parfaitement et résonne dans sa tête comme si elle était en train de répondre à la journaliste. Frappée d'une subite hypermnésie, ses réponses surgissent, vives, évidentes, libératrices. Le temps est subitement aboli.

« À travers mon expérience personnelle, je mesure combien les femmes sont encore considérées, d'abord et presque exclusivement, à travers les agissements de leurs maris. Dès les premiers articles mettant en cause Philippe Dumont, j'ai été harcelée sur les réseaux sociaux et j'ai vu certains de mes proches tourner les talons. Personne n'a envisagé que je puisse mener ma vie propre, avoir mes pensées propres. On m'a aussitôt accusée de malhonnêteté, on m'a prêté un pouvoir que je n'ai jamais eu mais dont j'aurais abusé, et mon intégrité d'auteur a été remise en cause. Pourtant, il n'y a contre moi aucune charge. Il a suffi que des soupçons pèsent sur celui qui était mon mari pour que l'opprobre me tombe dessus. Ce qui m'amène à cette question : Est-ce que mon mariage fait de moi une coupable ? Plus largement, les femmes doivent-elles être tenues pour responsables des actes de leurs maris alors qu'aucun homme, jamais, n'est jugé en fonction des défaillances de sa compagne… »

Elle entre chez le marchand de journaux le cœur battant, achète le magazine et le cale sous son bras. Elle veut attendre d'être rentrée pour le lire. En marchant dans la rue, le journal glisse. Elle resserre son coude sur son flanc pour l'empêcher de s'échapper. Il semble prêt à s'animer comme un petit animal.

« La question de ma responsabilité et d'une éventuelle complicité entre époux doit être posée par principe. Mais c'est à la justice et à elle seule de le faire. Et j'ai été entendue par les enquêteurs comme simple témoin. Mais la justice étudie et juge des faits précis, ce qui n'est pas le cas de la vox populi. *Or face au jugement populaire, il est impossible de se défendre. On dénonce aujourd'hui le harcèlement, l'humiliation, la domination masculine et le silence auxquels trop de femmes sont confrontées. Mais le harcèlement, l'humiliation, la domination masculine et le silence s'exercent également à travers de telles campagnes de dénigrement lorsqu'on enferme les femmes dans leur statut d'épouse. Nous devons refuser fermement ce présupposé qui ferait de chaque femme une simple extension de son conjoint. Injurier et calomnier une femme au seul motif que son mari serait condamnable, c'est la considérer comme un individu de deuxième catégorie… »*

Louise arrive à la supérette. Elle achète des yaourts, hésite quand d'habitude elle attrape les premiers qui lui tombent sous la main pour s'attarder le moins possible, prend des fraises, les premières de l'année, après en avoir goûté une. Elle fait un vœu selon une superstition enfantine. Presque légère.

Elle remonte la rue Caulaincourt vers la boulangerie quand elle sursaute.

– Louise Voileret !

Elle se retourne. Julien lui sourit. Elle ne l'a plus revu depuis vingt-cinq ans, mais il a si peu changé. Quelques cheveux gris, les joues un peu plus émaciées, et toujours cette silhouette élancée et ce regard brillant qui lui donnaient déjà un air d'acteur américain.

– Julien !

Louise se trouve idiote. Julien ! c'est tout ce qu'elle a trouvé à dire.

– Ça, c'est amusant. Je pensais à toi ces derniers temps.

– Ça me fait plaisir de te voir. Que deviens-tu ?

– C'est plutôt à toi qu'il faut poser la question. Tu es devenue une vedette médiatique !

– Parlons d'autre chose.

– Ah non, au contraire. C'est passionnant. Je suis le feuilleton ! C'est la meilleure série de l'année.

– Arrête. Parle-moi plutôt de toi.

– La littérature, toujours, et les cours à l'université. Tu m'invites à boire un verre ? Du champagne, le meilleur ! tu as les moyens, n'est-ce pas ?

– Tu ne crois pas tout ce qui se raconte, rassure-moi ?

– Et pourquoi je n'y croirais pas ? Au fond, je ne suis même pas surpris.

– Pardon ?

– Sous cette apparence de douceur qu'étrangement tu as conservée, Dorian Gray, sors de ce corps ! tu as toujours su mener ta barque.

Julien semble satisfait de son mot d'esprit, ou de l'insulte, des deux sans doute. Profitant de l'effet de sidération sur Louise, il poursuit :

– Déjà à l'époque, tu voulais sans cesse discuter technique d'écriture, tu m'interrogeais sur tout, naïvement, et moi, je t'expliquais la structure narrative, le style, le rythme de la phrase, et je te faisais lire ce que j'écrivais.

– Mais toi aussi tu lisais mes textes !

– Tes textes, oui ! lâche-t-il avec mépris.

Par fidélité à leur histoire, parce que Julien fait partie d'un passé précieux, Louise ne lui fait pas remarquer qu'il n'a rien publié depuis une dizaine d'années, elle ne lui rappelle pas non plus qu'elle n'y est pour rien si ses romans, hormis le premier, sont sortis dans l'indifférence générale. Il insiste :

– Tu as toujours su utiliser les autres. Tu as choisi un écrivain agrégé de lettres à tes débuts. Puis tu t'es mise avec un homme politique pour t'ouvrir des portes bien utiles et t'en mettre plein les poches. Et maintenant que tu as des problèmes judiciaires, tu tombes comme par hasard dans les bras d'un avocat. Non, franchement, je suis admiratif ! Vraiment, bravo !

– Tu es devenu con ou tu l'as toujours été ?

– Je vais faire comme si je n'avais pas entendu. Mais tu as été bien inspirée de ne jamais utiliser notre histoire pour tes petits romans.

Louise est maintenant habituée aux injures, et venant de n'importe qui d'autre, elle encaisserait. Mais à cet instant, elle comprend avoir entretenu une illusion. Elle a aimé un homme fantasmé. Un homme qui n'existe pas. Les gens évoluent, mais ne deviennent que ce qu'ils ont toujours été. Le charme de la jeunesse n'est qu'un masque éphémère. Et elle n'a pas vu le potentiel d'aigreur chez Julien, tout comme elle n'a pas anticipé l'immoralité de Philippe. Mais d'une certaine façon, elle a davantage d'indulgence pour son ex-mari. Avec le pouvoir, il a plongé dans l'élixir le plus addictif qui soit, dans cet acide qui ronge les meilleures volontés, qui dissout le sens du bien et du mal. Julien, lui, n'a été soumis qu'à sa propre corrosion. Elle ne veut plus rien entendre, elle veut être seule, oublier cette rencontre, oublier l'existence même de Julien. D'un mouvement brusque, elle pivote et le laisse sur le trottoir avec son regard mauvais. Elle s'élance et traverse la rue sans entendre la voiture qui arrive, propulsée par un moteur électrique parfaitement silencieux. C'est le crissement des freins et le bruit mat du corps contre le capot, instantanément suivi par un fracas de verre, qui soudain attire l'attention des passants. Puis le silence fige la rue quelques secondes jusqu'à ce que le conducteur ouvre la portière et sorte de son véhicule : « Elle a déboulé devant moi ! je n'ai pas pu m'arrêter. Mon Dieu, elle ne bouge plus ? » Un attroupement se fait autour de la voiture et de Louise. Mains dans les poches, badaud parmi les badauds, Julien observe la femme inerte qui gît au milieu de la chaussée. Il s'approche. Cherche-t-il à voir s'il reste un espoir, un souffle de vie ? Ressent-il de la peine ? Une nausée ? Des remords en se remémorant ses accusations ? Des images anciennes affluent-elles à son esprit ? Se souvient-il comme il trouvait sa peau douce, comme il aimait la faire rire, comme ses caresses étaient sur lui toutes-puissantes ? Se rappelle-t-il qu'il avait rêvé d'un enfant d'elle et qu'il voulait lui donner son nom ? Un œil extérieur jurerait pourtant qu'il n'éprouve rien. Un homme prend les choses en main et fait reculer Julien et les curieux qui encerclent Louise de trop près : « Laissez-lui de l'air, ne la touchez pas, les pompiers arrivent. » Les légumes sont éparpillés autour de Louise, les fraises ont roulé, jolies taches rouges qui dans la brutalité de l'accident ont bizarrement atterri dans ses cheveux, le pack de yaourts a éclaté un peu plus loin, verre brisé et flaque de laitage sur l'asphalte, le magazine est à ses pieds. Dans un courant d'air, les pages tournent et s'arrêtent sur un visage en pleine page, un visage que personne ne reconnaît, sauf une jeune fille. « C'est dingue ! C'est elle, regardez. Je viens de lire son interview, c'est la femme du ministre qui a touché des pots-de-vin. » Un jeune homme s'approche et incline la tête pour regarder la photo du magazine, puis Louise, puis de nouveau la photo. « Oui, on dirait bien. » Il se baisse, ramasse le journal. « Louise Voileret », ce nom lui est vaguement familier. Sans doute l'a-t-il vu passer sur Internet, c'est sa seule source d'information. Il lit le sous-titre de l'interview :

« Calomnier une femme au seul motif que son mari serait condamnable, c'est la considérer comme un individu de deuxième catégorie. »

Quelques lignes plus loin, l'article cite Philippe Dumont. Celui-là, il le connaît. Il s'agit du dernier politicien pourri. Les histoires se suivent et se ressemblent. Les détails, il s'en moque. Le pouvoir l'écœure depuis longtemps. Mais le portrait de la femme attire son attention. C'est un visage à la beauté lasse. Quelque chose fissure son regard. Les cernes marqués, une fièvre qui dilate les pupilles, mélange de détermination, de rage et d'égarement. « *Lorsque vous êtes pendant des mois soumise aux injures sexistes, antisémites et j'en passe, vous êtes projetée dans une autre dimension. Vous perdez vos repères et finissez par douter de qui vous êtes. Mais ça endurcit. Et tout finit par passer, n'est-ce pas ?* » lit-il à la fin de l'interview. Il repose le magazine par terre, non pas à l'endroit exact où il l'a ramassé mais un peu plus loin car l'immobilité du corps l'impressionne. Alors que le camion de pompiers se rapproche du lieu de l'accident, il s'éloigne dans la rue Caulaincourt pour échapper au hurlement de la sirène. Encore une centaine de mètres et il atteindra le pont surplombant le cimetière de Montmartre. Il a toujours aimé la structure métallique du parapet en croisillons de fonte recouverte de tags et à travers laquelle on aperçoit les sépultures. Puis il rejoindra la place de Clichy et la brasserie où il doit rejoindre la blonde avec qui il discute depuis une semaine sur Meetic. Elle a l'air joli, mais il préfère les brunes et reste amoureux de son ex-petite amie. En avançant vers cette rencontre qui crée malgré tout une incontestable tension érotique, il a l'impression de vivre plus intensément que les autres passants. L'amour, le sexe, le drame réunis en une seule journée… Cette inconnue percutée par une voiture, la fille avec qui il est certain de coucher dès ce soir et celle qu'il cherche à oublier lui font éprouver le caractère héroïque de son destin. Demain, il demandera une augmentation à son patron puis ira boire des bières avec ses copains en échangeant quelques propos grivois. Sans doute évoquera-t-il brièvement l'accident. Il repensera au portrait de la femme dans le journal, à son regard perdu qui lui a plu, et peut-être espérera-t-il un instant qu'elle aura survécu au choc. Après tout, ce n'est pas impossible, les pompiers sont arrivés très rapidement. Puis ses amis l'interrogeront sur sa conquête de la veille et il cessera d'y penser. Mais dans l'instant, il s'engage sur le viaduc porté par une humeur romantique. Les piétons se pressent sur le trottoir quand en dessous les gens marchent d'un pas lent entre les tombes. En haut, le monde des gesticulations. Quelques mètres plus bas, celui du chagrin. Deux niveaux d'humanité qui s'évitent puisque l'éternité n'existe pas. Au bout d'une allée déserte, le jeune homme aperçoit un cerisier en pleine floraison. Les flocons roses explosent d'une fraîcheur provocante. Il sait que les fleurs se faneront rapidement. Dans quelques jours, les pétales tomberont et se déposeront sur les pierres tombales en un voile délicat. Ils sécheront puis deviendront poussière. Mais à cet instant, tout lui semble possible. Même de retomber amoureux.

DU MÊME AUTEUR

Aux Éditions Albin Michel

LA TRAVERSÉE DU SILENCE, 2002.

LA SOLITUDE DES SOIRS D'ÉTÉ, prix François-Mauriac de l'Académie française 2013.

NOS VIES INSOUPÇONNÉES, 2016.

Chez d'autres éditeurs

LE SOMMEIL DE L'AUTRE, Stock, 1990.

LES POUPÉES RUSSES, Flammarion, prix du Quartier latin 1993.

LES YEUX CERNÉS, Anne Carrière, 1999.

Composition : IGS-CP
Impression : CPI Bussière en décembre 2020
Éditions Albin Michel
22, rue Huyghens, 75014 Paris
www.albin-michel.fr
ISBN : 978-2-226-45231-3
N° d'édition : 24075/01 – N° d'impression : 2049687
Dépôt légal : janvier 2021
Imprimé en France